www.tredition.de

AF177526

»Du lächelst, und die Welt verändert sich«
(buddhistische Vermutung)

www.nowarlaav.de

Nowar Laav

Wie man einen Fisch ertränkt

www.tredition.de

© 2012 Nowar Laav/ Sonne & Cie. Verlags GmbH

Umschlaggestaltung, Illustration: Sonne & Cie. Verlags GmbH
Korrektorat: Studiotextart, Frankfurt am Main

Verlag: tredition GmbH, Hamburg
ISBN: 978-3-8491-2485-4
Printed in Germany

Unser Dasein ist flüchtig wie Wolken im Herbst

Rechtsanwalt Hermann Füth mochte den Sturm, der sich die Zähne an seiner winzigen Seefestung ausbiss, wie alle Vorgänger der letzten fünfzig Jahre auch schon.

›Sealand‹ hatte Staatsgründer Roy Yates diesen Punkt im internationalen Niemandsland getauft, und weil es der Sache auf gleiche Weise mehr Gewicht gab, wie es seiner Eitelkeit schmeichelte, zum Fürstentum erklärt.

Die vor siebzig Jahren vom britischen Militär errichtete Plattform konnte es mittlerweile locker mit dem Glamour eines Autofriedhofs aufnehmen, fiel aber im Vergleich mit anderen Kleinstländern wie Monaco oder Andorra weit zurück. Und während Monaco und Andorra von der internationalen Staatengemeinschaft anerkannt wurden, nahm man Sealand gerade eben mal hin.

Doch auch wenn sich Füth keine Sorgen um die Sturmsicherheit seines Reiches machte, so doch über dessen wirtschaftliche Zukunft, die sich weit weniger wetterfest zeigte als die Plattform selbst.

Mit einem kühnen Schachzug hatte er Sealand vor Jahren seinem Freund und Staatsgründer Roy Yates abgenommen, während der sich auf einer Festlandstour befand und ihm, dem Freund

und Vertrauten, die Leitung der Plattform überantwortet hatte.

Jetzt war er der Fürst, Fürst Hermann Füth, auch wenn er sich selbst selten so nannte, wo er den Verführungen der Eitelkeit weniger erlegen war als sein Vorgänger. ›*Euer Gnaden, Yates*‹, erinnerte er sich schmunzelnd und schüttelte den Kopf über die sentimentale Anwandlung, mit der er in letzter Zeit öfter an den zähen Major dachte, der dereinst beseelt von Abenteuerlust und sprühend vor Phantasie die verlassene Festung außerhalb der Dreimeilenzone besetzt hatte, um von dort aus einen illegalen Radiosender zu betreiben. Es nötigte ihm noch immer Respekt ab, wie der verrückte Bastard in der Folge alle Angriffe auf das kleine Reich, egal, ob juristisch oder militärisch, abgewehrt hatte. Schade nur für ihn, dass er so wenig Sinn für Realität und ein noch geringeres Maß an Menschenkenntnis bewiesen hatte, dachte Füth. Und besonders schade für ihn, dass er ausgerechnet, seinem Anwalt vertraut hatte, wo das doch an sich schon unfassbar dumm war.

»*Wirst du jetzt etwa sentimental, alter Sack?*«, schalt sich Füth, als ihn der Funkspruch seines IT-Experten erreichte. Er brauchte diese verkopften und nüchternen Computer-Langweiler auf seiner Plattform, seit er Sealand zum Rechenzentrum für illegale Internetanbieter umfunktioniert hatte und dafür horrende Gebühren kassierte.

»Wir haben eine Seenotmeldung, Sir.«

»Und?«

»Na ja, die Typen scheinen sich in unmittelbarer Nähe von uns zu befinden und wir, also die Jungs und ich, denken …«

»Ihr seid aber nicht zum Denken da!«, brüllte Füth in das Sprechfunkgerät, weil er solcherart fordernde Fragestellung nicht ausstehen konnte.

Der IT-Experte blieb erstaunlich gelassen, hatte er sich doch sattsam an die Ausbrüche seines Chefs gewöhnt. »Nun, Sir, ich denke, dass wir genau dafür bezahlt werden … also für das Denken … also zumindest, soweit es uns Computerleute betrifft, Sir?!«

Das war natürlich ein Punkt und kühlte Füths Laune um ein paar weitere Grade herunter. »Und was denken Sie und die anderen Penner von ihrem Verein noch, was wir jetzt machen sollen?«, ätzte er deshalb ein bisschen zurück.

»Sir, wenn es okay ist, Sir, dann würden die Jungs und ich gerne ein Rettungskommando aufstellen und die Leute da rausholen!«

Füth dachte grimmig darüber nach. Ihm war klar, dass er unmöglich eine Rettungsaktion absagen konnte, ohne den Rückhalt seiner Leute zu verlieren. Genauso wollte er sich aber auch nicht von denen erzählen lassen, was er zu tun oder zu lassen hatte. Und schlussendlich bestand ja auch

immer die Gefahr, dass es sich bei diesem angeblichen Notfall um einen perfide geplanten Versuch
handelte, die Mannschaft von der Seefestung zu
locken, um sie anzugreifen. Füth wog seine Optionen ab, bevor er erneut zu seinem Mitarbeiter
sprach.

»Okay, starten Sie Ihr verdammtes Rettungskommando, Sie Gutmensch. Aber wenn die
Typen irgendwie gefährlich oder bewaffnet aussehen, dann knallt ihr sie ab! Wenn ihr mir irgend-
welche Special-Forces-Operationsteams ein-
schleppt, die uns die Bude unterm Hintern klauen
wollen, dann Gnade euch Gott vor meiner Rache.
Oder um es noch verständlicher auszudrücken:
Wenn diese Typen etwas anderes als ein hilfloser,
nackter Tuntenverein auf Ausfahrt sein sollten,
dann lasst sie besser absaufen, wenn ihr euch nicht
mit mir anlegen wollt!«

... womöglich sogar flüchtiger ...

Ängstlich starrte ich auf das Loch im Seiten-wulst des Schlauchbootes, aus dem zi-schend Luft entwich, während um uns her-um eine mächtige See tobte. Ich bemühte mich um Ruhe, was, wie mir ein Seitenblick auf Major Yates verriet, auch dringend nötig war. Der sonst so souveräne Ausdruck des ehemaligen Fürsten von Sealand war offener Panik gewichen und auch die fünf bewaffneten Söldner in unserem Boot wirkten ungefestigt.

»Ach wissen Sie ...«, gab ich mich lässiger, als mir zumute war. »Ein Zodiac-Schlauchboot gilt nicht umsonst als unsinkbar, hat mehrere Luft-kammern, einen unzerstörbaren Festkörperboden, verstärkte Heckkonen ...«

Yates erwachte aus seiner Schockstarre und winkte mit der rechten Hand ab. »Auf ein Zodiac mag das zutreffen, Cord, auf einen nordkoreani-schen Nachbau aus dem Internet sicher nicht!«

Das Gefühl eines kalten Schlages kündigte eine erneute Panikwelle an. »Sie meinen, das hier ist KEIN Zodiac?«, schrie ich lauter als beabsichtigt. »Sie sagten doch, Sie würden Zodiacs besorgen!«

Yates zog entschuldigend die Schultern hoch. »Da hatte ich mehr die Gattung Boot gemeint. Die-se beiden hier ...«, sagte er, wobei er erst auf unse-ren Havaristen und dann auf das Begleitboot glei-

chen Typs deutete, das sich in einem der Wellentäler vor uns verlor. »Diese beiden hier sollen aber so
weit identisch sein, dass selbst der Herstellername
ein Nachbau ist. Die nennen sich nämlich *Caidoz*,
was, wenn man es von hinten nach vorne liest ...«

»Zodiac ergibt«, fiel ich ihm erfreut ins Wort
und wollte mich gerade beruhigt zurücklehnen, als
ich merkte, dass jetzt beide Schlauchseiten Luft
verloren. Hektisch wedelte ich mit der Hand in die
Richtung, die auch Yates ins Auge fassen sollte.
Seine aufgerissenen Augen machten mir klar, dass
von seiner Seite keine Hilfe zu erwarten war.

»Vergessen wir das Boot«, schrie ich Yates an.
»Da vorne liegt ihr Flakturm, ihr ehemaliger Staat
und wir haben einen starken Motor, der uns dort
hinbringen kann, bevor das blöde Boot ganz abgesoffen ist!«

Noch bevor ich den Steuermann das entsprechende Kommando geben konnte, bemerkte ich
meinen Irrtum. Ich deutete auf den riesigen Au
ßenbordmotor, der beidseitig mit der Zahl 120 bedruckt war, was, den maritimen Gepflogenheiten
folgend, die PS-Stärke ausdrückte.

»Auch nordkoreanisch?«, fragte ich zögernd.

»Das war ein Paketkauf«, rechtfertigte sich Yates. »Boot, Motor und Söldner. Alles zusammen.
Und die Zahl 120 auf dem Kim-Jong-il-Motor
steht, wie ich mir habe sagen lassen, für das Gewicht. PS hat der nur 10, was, wie ich finde, für

eine eher unterdurchschnittliche Performance steht.«

»Wie bitte?«

»Ja, das wird bei Fahrzeugen als Leistungsgewicht ausgewiesen. PS pro Kilogramm zu bewegende Masse. Und da spielen 10 PS bei 120 Kilogramm Gewicht zuzüglich Boot und Besatzung natürlich eher in der Tretbootliga, wenn Sie mir den saloppen Ausdruck erlauben.« Yates hatte zu einer Süffisanz zurückgefunden, die er sich als ehemaliger Major mühsam angeeignet hatte. Zu gerne wollte er dem Bild gelassenen britischen Hochadels entsprechen, das er für den Herrscher eines selbsterklärten Mikrostaates für angemessen hielt.

Mit einem Sprung war ich bei ihm, bereit ihn zu töten, bevor das Meer mir die Arbeit abnahm, doch eine überkommende Welle spülte mich zurück, schwappte über den Motor und ließ ihn mit einem hustenden Ton verstummen.

»Tja, das war's dann wohl für unseren *geliebten Führer*«, kratzte sich Yates am Kinn.

»Was?«

»Na, der Motor, Kim Jong-il, der *geliebte Führer*.« Yates war jetzt wieder *very british*; äußerlich gelassen, im Angesicht des drohenden Todes. Ich rutschte nach hinten und versuchte den Motor mit einem wütenden Fußtritt in Gang zu bringen. Motor und Heckspiegel lösten sich gemeinsam vom

Boot und versanken in den Fluten.

Die koreanischen Söldner nahmen stumm Haltung an und salutierten dem *geliebten Führer* auf seiner letzten Reise.

»Das war jetzt keine gute Idee, Old Boy«, hörte ich den Fürsten gegen den Wind sagen und spürte meine Wut verebben. »Zum Glück haben wir noch ein zweites Caidoz da draußen, das uns zur Hilfe kommen kann.«

Yates zog sein Funkgerät aus der Jacke, das seitlich mit asiatischen Schriftzügen versehen war und dessen Herkunft ich nicht erfragen musste. Er sprach einen ruhigen Hilferuf an unser Begleitboot hinein und im selben Moment, als wir mit Jubelschreien dessen Wendemanöver begrüßten, sahen wir den Feuerball, in den sich der Kim Jong-il des Begleitbootes verwandelt hatte, bevor auch er samt Heckspiegel vom Boot brach.

»PAN-PAN, PAN-PAN«, brüllte Yates ins Funkgerät und weigerte sich damit noch immer, mehr als eine Dringlichkeitsmeldung über Funk auszugeben, die auf eine konkrete, aber nicht akute Gefahr für Schiff und Besatzung hinwies.

»MAYDAY«, klang darauf das Echo aus dem Funkgerät, was als Notmeldung unseres Begleitbootes ausgesendet worden war und die Sache besser traf.

Einer der Söldner hielt sich den Lauf seines Maschinengewehrs an den Kopf und spielte wohl gerade seine Zukunftsszenarien durch, die aus unschönem Ertrinken oder der Heimkehr nach Nordkorea mit einer Misserfolgsmeldung im Gepäck bestanden und in jedem Fall qualvoller sein würden als ein schneller Schuss in den Kopf. Ich wollte mich nach hinten werfen und dem armen Jungen die Waffe entreißen, als ich durch den kräftigen Arm des Fürsten zurückgezogen wurde.

»Raten sie mal, woher die Waffen kommen?«, grinste er mich an, während das trockene Klacken der Fehlfunktion weitere Erklärungen überflüssig machte. »Sie glauben doch nicht, dass ich diese Jüngelchen mit modernen Waffen losschicke und am Ende für den Dritten Weltkrieg verantwortlich bin? Natürlich hab ich denen nordkoreanische Waffen gegeben und da müssen sie sich nun wirklich keine Sorgen machen, dass sie sich selbst oder andere damit verletzen könnten. Außer natürlich …«, womit er in Richtung des Söldners wies, der sich gerade kräftig mit der Waffe auf den Kopf schlug und dann erstaunt die dabei entstandenen Teile anstarrte.

Yates zuckte erneut mit den Schultern, starrte ungläubig in Richtung seines alten Fürstentums, der Seefestung Sealand, auf der gerade ein Boot zu Wasser gelassen wurde.

»Wie auch immer, würde ich sagen, dass der saubere Besatzer meines Reiches soeben ein Rettungskommando für uns losgeschickt hat und wir uns besser enterbereit machen sollten.«

Ich starrte ihn an, wie es sich für einen geistes-kranken Irren gehörte. »Sie wollen unsere Retter angreifen? Mit diesem motor- und luftlosen Ding …«

»Caidoz«, unterbrach er mich. »Und das sollte doch noch für ein bisschen Überraschung gut sein, wenn wir uns ein wenig hinauslehnen und mit den Händen um sie herum rudern.«

Ich sah ihn entgeistert an und war mir spätes-tens jetzt sicher, auf den falschen Partner gesetzt zu haben. Um uns herum tobte ein Sturm von mi-nimal acht Beaufort Windstärke und starkem Wel-lengang und der verrückte Alte faselte etwas von *aus dem Boot hinauslehnen*, wobei dessen jetziger Zustand die Abgrenzung zwischen innen und au-ßen sowieso unmöglich machte. Zum Glück fiel mir rechtzeitig ›das‹ Killerargument ein, um die-sen Wahnsinn zu beenden.

»Ich nehme an«, warb ich um Yates Aufmerk-samkeit, »Sie wissen, was *Wir paddeln jetzt mit den Händen um den Gegner herum und machen klar zum Entern* auf Koreanisch heißt?«

Yates sah mich bestürzt an, dachte ein wenig daran herum, kreuzte letztlich die Arme vor dem Bauch und begab sich in schmollende Resignation. Jetzt hatte ich das Kommando und sah mich vor dem selben Problem, vor dem ich Yates eben noch gewarnt hatte. Was zum Teufel hieß *Waffen über*

Bord! auf Koreanisch? Ich improvisierte eine Pantomime, die der selbstmordgewogene Söldner als Aufforderung verstand, über Bord zu springen. Mühsam konnten ihn seine Kameraden zurückhalten.

Kurz bevor das Sealander Rettungskommando bei uns eintraf, hatten wir aber auch diese Hürde genommen und die Waffen über die nicht mehr vorhandene Bordwand geworfen.

»Woraus sind die gemacht?«, wandte ich mich an Yates und wies auf die an der Oberfläche treibenden Schnellfeuergewehre. Der Fürst zuckte – noch immer schmollend – mit den Schultern und tat so, als würde ihn das alles nichts mehr angehen.

Ich entschied mich, die nordkoreanischen Söldner auch ihre martialisch wirkenden Kampfanzüge ausziehen und über Bord werfen zu lassen, erklärte ihnen dieses mit Händen und Füßen und fühlte mich ein wenig unwohl, als ich sah, dass ihre Kampfmontur nicht genügend Platz für Unterwäsche gelassen hatte. Ein schmollender Fürst, ein schreckensbleicher Kommandant und fünf nackte Asiaten in einem untergehenden, motorlosen Schlauchboot waren auch für unsere herannahenden Retter ein ungewöhnlicher Anblick und mussten sie denken lassen, die Christopher-Street-Day-Parade würde dieses Jahr ein paar Meilen weiter seewärts abgehalten ...

***

Die Rettungsaktion verlief denkbar unspektaku-
lär, nimmt man die äußeren Umstände aus. Die
von Sealand gesendete Rettungscrew in ihrem
schicken, blau lackierten Minitrawler fuhr zwei
Mal um unser Boote herum, die automatischen
Waffen im Anschlag, und nahm dann Kontakt zu
uns auf. Wir sahen, wie sie zuerst entsetzt und
dann belustigt auf unseren Anblick reagierten.
Endlich nahm ein blonder Mann mittleren Alters
ein Megafon in die Hand und brüllte zu uns herüber.

»Hey, seid ihr schwul oder so? Wir dürfen euch
nur retten, wenn ihr schwul seid!«

Yates sah mich fragend an und zuckte erneut
die Schultern, mittlerweile sein Standardrepertoire
auf jede Art von Kontaktaufnahme. Ich bedeutete
ihm mitzuspielen, um unsere Rettungsmöglichkei-
ten zu verbessern.

»Wie sieht es für euch aus, Jungs?! Wir sind die
Suffolk-Hamburg-Partnervereine auf unserem
Jahresausflug und in gaaanz fieses Wetter gera-
ten«, erfüllte Yates meine Erwartungen.

»Gaanz, gaaanz fies!«, pflichtete ich ihm bei,
ließ dabei meine rechte Hand kreisen und legte
den anderen Arm um einen der nackten Nordko-

reaner, der sich sofort behaglich an mich kuschelte. Ich beugte mich zu Yates, zeigte auf den Koreaner und flüsterte ihm ins Ohr.

»Sie wissen, dass Sie bei einem Internetkauf ein vierzehntägiges Rückgaberecht haben, oder?«

Yates machte eine wegwerfende Handbewegung und drehte sich zur ehemaligen Bordwand, wo ihm die helfenden Hände unserer Retter entgegengestreckt wurden. Das Geschaukel machte es den Beteiligten schwer, den Ex-Fürsten an Bord zu ziehen, der schließlich grazil wie ein Sack Kartoffeln kopfüber in das andere Boot fiel. Dieser nicht sehr athletische und von wenig Vertrauen in die eigene Körperlichkeit zeugende Auftritt des Herrn Yates ließ mich sein wahres Alter ahnen. Das funkensprühende Energiebündel das ich bisher in ihm gesehen hatte, war nichts als ein älterer Herr, der quasi mein Vater hätte sein können.

Gerettet

Rechtsanwalt Füth, der neue Fürst von Sealand, hatte sich schnell von dem Schock erholt, den ihm der Anblick der geretteten Seeleute bereitete. Ausgerechnet den Gründer seines Reiches, den ehemaligen Fürsten und Herrscher über das Miniland, hatten sie aus dem Wasser gezogen. Die Nervensäge, vor der er sich seit dem etwas unsportlichen Staatsstreich am meisten fürchtete.

Eine Stunde nach der Bergung standen wir uns gegenüber. Füth hatte uns in sein Arbeitszimmer bringen lassen, das mit barocken Möbeln und Gemälden etwas vollgestellt wirkte. Geschmack muss man sich leisten können – auch räumlich – und hier wirkten die ausladenden Möbelstücke deplatziert.

»Schöne Einrichtung«, versuchte ich trotzdem gut Wetter zu machen.

»Ja, finden Sie?«, zeigte sich Füth geschmeichelt. »Ich habe die Dinge persönlich bei meinen Reisen auf dem Kontinent zusammengetragen«, gab er sich *off-shorer* als angebracht.

Yates spuckte neben mir mit unschöner Geste aus und rotzte einen perfekt gerundeten Schleimball auf den Seidenteppich. »Für mich sieht das einfach nur wahllos zugerümpelt aus«, platzierte er eine erste Beleidigung und blühte bei Füths betrübter Reaktion auf. »Ich würde mich sogar darauf versteigen, dass Stil und Loyalität bei dir in etwa gleich stark ausgeprägt sind.«

»Was soll das heißen, alter Sack?«, bellte Füth zurück.

Yates zog geringschätzig die Augenbrauen hoch. »Na ja, was du von Loyalität hältst, ist ja offensichtlich, seit du mir mein Reich geklaut hast, nachdem ich es dir im Glauben um unsere Freundschaft anvertraut hatte.«

Nun war es an Füth, spöttisch zu grinsen. »Weil du ein verdammter Idiot und Träumer bist. Ein Phantast ohne Sinn für Realität!«

Ich stieß Yates mit den Ellenbogen in die Seite, in der Hoffnung, ihm unsere wackelige Position klarzumachen. Wir waren außerhalb bekannter Ländergrenzen dem Wohlwollen dieses Fantasieherrschers ausgesetzt und taten gut daran, auf Provokationen zu verzichten. Yates schob mich ärgerlich beiseite und trat drohend einen Schritt vor.

»Hermann, früher habe ich dich geliebt wie einen Bruder, heute habe ich nur Verachtung für dich übrig!«

Füth schmunzelte. »Wenn ich deine Erinnerung schärfen darf: Als wir uns kennenlernten, batest du mich, dich in einer Körperverletzungsangelegenheit gegen deinen Bruder zu vertreten. Ich denke also, dass ich gut damit leben kann, wenn du mich etwas weniger als einen Bruder liebtest. Ohne mein Land und meinen Herrschaftsanspruch zu leben, fiele mir da ungleich schwerer.«

Yates räusperte sich unbehaglich. »Na gut, das war ein schlechter Vergleich. Aber lange wird das sowieso nicht mehr gehen, wenn ich den Zustand der Plattform sehe und höre, was deine Leute sagen. Ausstehende Löhne beklagen sie und die Hälfte der Mannschaft soll schon abgezogen sein. Tja, Hermann, wirtschaftlich warst du noch nie auf Zack, aber gleich ein ganzes Land versenken, das ist dann selbst für dich eine reife Leistung ...«

Füth lief rot an. »Ich habe nie abgestritten, dass du ... nun ... kreativer darin bist, Einnahmequellen zu erschließen.«

»Was ja offensichtlich ist. Ich habe den Radiosender gegründet und, als wir von den neuen, legalen Privatsendern verdrängt wurden, auf den Verkauf von Steuerprivilegien und Fürstentitel an reiche Idioten umgeschwenkt. Und als auch das nicht mehr lief ...«

»Ja, ja«, winkte Füth genervt ab. »Und dann hast du mit dem Serverhosting für die Spinnerseiten wieder Neuland betreten. Wissen wir alles.«

»Tja, nur dass ich heute schon lange wieder davon weg wäre, anders als du Trantüte. Neben dem Terror mit Behörden und der englischen Regierung dann auch noch Kriege gegen ausgerastete

Webseitenbetreiber führen müssen, die unzufrieden sind. Wie du ihre illegalen *Internetcasino-*, *Sex-mit-Tieren-* oder *Gebrauchte-Atomsprengkopf-Verkaufseiten* hostest, nein, das wäre schon lange nicht mehr mein Geschäft!«

Als stillem Beobachter der Diskussion fiel mir die Veränderung auf, die sich in Haltung und Ausdruck Hermann Füths geschlichen hatte. Sein resignierter Zynismus war jetzt echter Aufmerksamkeit gewichen.

»Und der schlaue Herr Yates weiß natürlich, womit man heute Geld verdienen kann?«

Ich stieß Yates heftig in die Rippen. »Du willst diesem Drecksack doch nicht auch noch Tipps geben, nachdem er dich so betrogen hat?!«

»Ruhig Blut, Jungchen. Hermann war schließlich einmal mein bester Freund. Das kann ich nicht so einfach wegwischen.«

Füth sah jetzt nicht nur interessiert, sondern gerührt aus. Wenn Männer, die sich selbst für zäh und skrupellos halten, alterssentimental werden, wird mir regelmäßig schlecht. Ich konnte förmlich zusehen, wie die unrealistische Möglichkeit eines Irrtums an Substanz gewann und die beiden Männer versuchten, wieder das aneinander zu sehen, was sie vor einiger Zeit verloren hatten. Versöhnung ist schön, altersmilde Vergesslichkeit dagegen zum Kotzen.

Yates nahm seinen Ex-Anwalt am Unterarm

und führte ihn zum Fenster.

»Sanfter Tourismus, Hermann, das ist es, was die heutige Zeit will. Ein ökologisch topp herge- richtetes Refugium mit interessanter Vergangen- heit und einem Aufhänger, der uns spontan zu- rück in die Medienlandschaft katapultiert.«

Füth wandte sich ruckartig vom Fenster ab und sah Yates überrascht ins Gesicht. »Und was könnte das sein?«

Yates band mich mit einer umfassenden Hand- bewegung ein, um mich sofort wieder zu ignorie- ren. »Unser junger Freund hier, Cord Andreesen, hat letztes Jahr auf dem Festland mit überwälti- gendem Erfolg ein *Camp der Liebe* eingerichtet, eine Alternativgemeinde, die sich einen Dreck um die Begrenztheiten ihrer Umgebung scherte.«

Füth hing an Yates Lippen.

»Die Sache ist gescheitert, weil die Behörden sie nicht zuließen. Medien und Gäste aber waren be- geistert!«

Ich schaute betreten zu Boden, peinlich berührt ob dieser Farce. Trotzdem musste ich die Chuzpe bewundern, die Yates an den Tag legte, um seine Ziele zu verfolgen. War es meine Absicht gewesen, Füth zu beschwichtigen, um am Leben zu bleiben, hielt sich Yates mit derlei Kleinigkeiten gar nicht erst auf. Ihm ging es um seine Plattform auf der Rough-Sands-Sandbank, die er 1967 besetzt hatte, um auf ihr einen illegalen Piratensender zu betreiben. Rough Sand, die in den fünfziger Jahren von der britischen Marine aufgegebene Seefestung einer neuen Verwendung zuzuführen, war sein Lebenswerk und nichts und niemand konnte sich seinen neuerlichen Ambitionen in den Weg stellen. Yates zwinkerte mir zu, ehe er Füth seine Pläne auseinandersetzte, und ich erkannte überdeutlich, dass ich in ihnen keine Rolle spielte. Ich wurde nicht mehr gebraucht, war bloß der Steigbügelhalter eines großen Mannes gewesen, der in seiner Zielstrebigkeit keine Rücksicht auf andere Bindungen oder Ehrgefühl nahm.

Ich blickte noch einmal auf diese beiden Huren, die Todfeinde, die sich gegenseitig brauchten und von ihrer Fähigkeit zur Vergebung nicht minder beindruckt waren als vom Gefühl wiedergewonnener Verbundenheit. Keiner von ihnen merkte, wie ich mich kopfschüttelnd umdrehte, den Wohnsalon im fünften von sieben Stockwerken des linken Betonsockels verließ, mich auf das Oberdeck begab, die Steigeisen nach unten kletterte und den Minitrawler enterte. Weg hier!

***

Wenn man elektronischen Hilfsgeräten mit einer großen Portion Skepsis begegnet, darf man sich nicht wundern, wenn sie einem den Dienst versagen. Navigationsgeräte, zumal nautische, sind eine lächerliche Erfindung, die den Geist der Seemannschaft zu Grabe tragen. Ich ignorierte hartnäckig den Anschaltknopf des großformatigen Plotters, der nicht nur meine aktuelle Position in GPS-Koordinaten verraten, sondern auch mein Boot als Dreieckssymbol in der passenden Seekarte ausgewiesen hätte. Allerdings nur, wenn das meine aktuelle Stimmung zugelassen hätte. Hat sie aber nicht. Ich wollte mich endlich frei und auf mich selbst gestellt fühlen. Meinen Instinkten vertrauen, wieder auf mein Innerstes hören und das, was dabei herauskam, annehmen. Ich würde die paar Seemeilen zur Küste auch ohne Hilfsmittel bewältigen.

Jeder von uns ist ein Gott. Jeder von uns ist allwissend. Wir müssen lediglich unser Bewusstsein öffnen, um unserer eigenen Weisheit zu lauschen …

… hatte mir mein bester Freund Hakan nach einem Buddhismus-Retreat vorgefaselt, und das sollte auch mein Leitfaden sein, um nicht nur die Küste, sondern am besten auch gleich einen belebten Hafenort zu treffen. Ich war ein Gott, ein Wissender, ein Weiser und ein Riesenarschloch, wie mir klar wurde, als sich die Schraube des Hochleistungsmotors in die Sandbank drehte. Buddha mag *der Erwachte* gewesen sein, ein ernstzunehmender Seefahrer war er nicht. Die wissen nämlich, dass

Sicherheit in der Seefahrt über alles geht und definitiv über Selbstüberschätzung.

Ich drückte den beiden zurückgebliebenen Fürsten noch schnell die Daumen, dass das Boot nicht über die Sealand-Versicherungsgesellschaft abgesichert war, und ließ es leichten Herzens zurück, um die verbliebenen fünfhundert Meter zum Strand halb watend und halb schwimmend zurückzulegen.

Es dauerte einen weiteren Tag, mich nach Felixstow durchzuschlagen, von wo ich mir eine Passage nach Hamburg erhoffte. Zurück nach Hause, wo mich gepflegter Wohlstand und die Wärme meiner Familie erwarteten. Damit Sie mich nicht falsch verstehen: nicht meine Familie im selbstgegründeten Sinne, sondern meine angeborene. Den Gedanken an eine eigene Familie hatte ich zurückgestellt, nachdem mein Abenteuer mit der Gründung einer Alternativgemeinde am Rande Hamburgs genauso gescheitert war wie die Ehe mit meiner Noch-Ehefrau Sylvia, die es vorzog, mit einem spanischen Tanzlehrer namens Juan Unzucht zu treiben. Trotzdem kam mir nach einem Kontrollblick auf meine abgerissene Kleidung und mein ungepflegtes Äußeres der zu Hause hinterlassene Scherbenhaufen reizvoller vor als das Leben des heimatlosen Penners, das mich hier erwartete.

***

Die alte Vettel hinter dem Tresen des Pubs, den ich gleich nach meiner Ankunft in Felixstow enterte, beobachtete mich auf meinem Weg zum Telefon so lüstern, dass ich mir nicht sicher war, ob ich unseren soeben getroffenen Deal richtig verstanden hatte. *Unterkunft und Telefon gegen Unterhaltung* hatte ich so übersetzt, dass ich am Abend in ihrem Pub deutsche Seemannslieder auf der Gitarre zum Besten geben sollte. Ich räume aber unumwunden ein, dass ich dem hiesigen Dialekt nicht gewachsen war. Wahrscheinlich hatte ich mehr versprochen, wie mir das unverhohlene Grinsen ihres reizlosen Gesichtes verriet.

»Mama? Mama, ich bin's, Cord!«, brüllte ich ins Telefon und kam nicht weiter, weil mir sofort ihr hysterischer Totengesang ins Ohr fiel und dort die nächsten Stunden widerhallte. Mein Vater war gestorben, plötzlich, leidlos und unvorbereitet für uns Angehörige. Ob er selbst besser vorbereitet war, kann keiner sagen, da man für die letzte Reise ja keine Koffer packt. Ich wollte etwas sagen. Etwas Cooles, Beherrschtes und Tröstendes, aber ich brachte kein Wort über die Lippen, und als ich die ersten Tränen auf meiner Oberlippe spürte, legte ich den Hörer auf. Weinende Deutsche sind für Engländer ein noch ungewöhnlicherer Anblick als ein fahrbereiter Rover, und irgendwann bemerkte ich die fragende Stille, die jetzt die Atmosphäre des Pubs erfüllte. Mein verschleierter Blick in die Runde ließ die anderen Anwesenden unbehaglich zu Boden blicken. Einzig die bestimmt fünfzigjährige Pubbetreiberin schenkte mir ein teilnahmsvolles Lächeln und ließ meine Bereitschaft steigen, heute Abend meine Schulden zu bezahlen.

Papa war tot und ich war nicht da gewesen. Ich hatte mich nicht verabschiedet und nichts von dem zurückgeben können, was er mir so liebevoll gegeben hatte. Über die Jahre meines Erwachsenenlebens hatte ich meine Eltern als gegeben hingenommen und mir mehr Gedanken über das Hinscheiden einer Lieblingsjeans gemacht als über die Vergänglichkeit dieser festgefügten Leitplanken meines Lebens. Und genau so eine Leitplanke gab es jetzt nicht mehr. Wie würde meine Mutter damit klarkommen und was musste ich in dieser Situation von mir selbst erwarten? Ich musste nach Hause und meiner Mutter so viel Organisationsaufwand wie möglich abnehmen. Und vielleicht gelänge es mir, meine Trauer durch Handeln zu überspielen. Was ich aber am dringendsten brauchte, waren Rat und Trost. Am besten von einem Freund und noch besser von einem Psychologen.

Es gibt eine Stille, tief inmitten aller Ratlosigkeit

Mein Freund Hakan, ein türkischstämmiger Psychologe mit Schlag bei Frauen, kannte keine Stimmungsschwankungen, Frust oder Depressionen. Entweder kurierte er sich selbst oder er war ein schlichteres Gemüt, als es den Anschein hatte. In jedem Fall war er jetzt die erste Anlaufstelle, um meine Trauer abzuladen. Beim dritten Klingeln nahm er ab und sprach mit sonorer Stimme.

»Psychologische Praxis Hakan Yüziak, was kann ich für sie tun?«

»Was soll das Gewäsch, Hakan. Ich rufe auf deiner Privatnummer an!«

Hakan ließ den Hörer fallen und ich hörte auf der anderen Seite, wie er hektisch nach ihm suchte, bis er erneut zu hören war.

»Ah, du bist's, Cord. Gut, dass du anrufst. Ich bin gerade total deprimiert. Ich fühl mich richtig scheiße und mein Rücken tut auch …«

»Mein Vater ist tot!«, unterbrach ich seine Ode an das Jammertal, doch Hakan hörte mir nicht zu, was für einen Psychologen ein unerwartetes Verhalten war. Ganz im Gegenteil, quasselte er einfach weiter:

»Mein Lieblingsgürtel, Cord. Ich meine, du weißt, was der mir bedeutet. Den habe ich noch von Heike Spatz bekommen, die mir die Praxis verkauft hat, wenn du dich erinnerst. Der mit der eckigen Schnalle und diesem …«

»Mein Vater, Hakan!«, brüllte ich in den Hörer.

»Nee, der hat ihn nicht. Hab ich auch schon dran gedacht, aber wie sollte der an meinen Gürtel gekommen sein?!«

»Er ist tot, tot, TOT!«

»Nein, nein, der ist nicht tot. Nur irgendwie weg. Vielleicht hat meine Putzfrau ihn ja … Ach, jetzt weiß ich's wieder. Ich hab ihn doch der Nicole gegeben, die vorgestern bei mir übernachtet hat. So was Blödes!«

Mittlerweile hatte ich es aufgegeben, über meinen Vater reden zu wollen. Es hatte einfach keinen Sinn. »Dann ist ja alles gut, Hakan. Ruf sie an und du hast deinen Gürtel wieder. Anders als ich mit meinem Vater …«

Eine peinliche Stille breitete sich zwischen uns aus, bevor er antwortete. »Ich hab ihre Nummer nicht.«

»Dann guck halt im Telefonbuch nach, Depp!«

Abermals Stille, bis ich ihn leise sagen hörte: »Ich hab aber auch ihren Nachnamen nicht.«

»Aber dass sie Nicole heißt, das weißt du?«, ätzte ich.

»Hat sie zumindest gesagt, ja. Aber ich lass mir doch nicht gleich den Personalausweis zeigen, wenn ich jemanden kennenlerne.«

»Wo du gerade von Personalausweisen redest«, nahm ich den früheren Faden wieder auf, »da ist gerade einer frei geworden.«

»Was?«

»Der von meinem Vater. Der ist nämlich gestern gestorben!«

Abermals hörte ich den Hörer fallen und danach hektische Suchgeräusche, bis Hakan wieder zu hören war.

»Und das sagst du jetzt erst?«, schrie er mich an. »Einfach so nebenbei, als ob das nichts wäre. Verdammt, Cord!«

Ich hing immer noch am öffentlichen Telefon im Pub und überlegte mir, ob es nicht besser wäre, in England zu bleiben, die Wirtin zu heiraten und mein früheres Umfeld zu vergessen. Die Wirtin warf mir eine Kusshand zu und entblößte dabei eine unregelmäßig gefüllte untere Zahnreihe. Dabei vollzog sie eine obszöne Geste, die ich auf keinen Fall beschreiben möchte, die aber die umstehenden Thekengänger zu einem wissenden Gelächter verleitete.

Ich verwarf meine vorherige Überlegung und schrie gegen den Kneipenlärm in den Telefonhörer. »Du musst mich hier herausholen!«

Gut, dass Hakans vorherige Frage gelautet hatte: »Was kann ich machen, Cord?«

Ich gab ihm meine genauen Koordinaten durch

und rang ihm das Versprechen ab, mich morgen abzuholen. Geld und Flugticket alleine würden nicht reichen, wenn ich diese eine unvermeidliche Nacht in den Fängen der Wirtin verbracht hätte. Hoffentlich würde Papa mir nicht dabei zusehen, aber der hatte wahrscheinlich gerade ganz andere Aufgaben zu bewältigen, um seine Anschlussflüge zum Himmelstor zu koordinieren. Der Gedanke an ihn ließ mich erneut in Tränen ausbrechen, und so langsam musste ich mir Gedanken um das Image meiner Landsleute machen, das ich hier im Ausland vermittelte.

Morgen habe ich es geschafft. Morgen bin ich weg, dachte ich, und mir wurde bewusst, dass ich seit einem Jahr ständig wegwollte. Wie kann man als Mann in jungen Jahren zu einem solchen Jammerlappen werden? Und doch stand mir jedes Quäntchen Weltschmerz zu, sagte ein letzter Blick auf meine heutige Begleitung.

***

Hakan kam am nächsten Tag kurz nach Mittag in einem roten Ford Fiesta vorgefahren, wie ich mit größter Anstrengung aus dem Bett heraus erkennen konnte. Ich musste dabei den Oberkörper so weit nach oben pressen, wie es die Hanfseile gerade noch zuließen. Ich versuchte ihm eine Warnung durch das Fenster zuzurufen, brachte aber nur ein heiseres Krächzen hervor.

Im zumindest nach innen hellhörigen Haus hörte ich einen kurzen Dialog zwischen Hakan und der Hexe, danach polternde Schritte, die die Treppe hinaufliefen. Als Hakan im oberen Flur stand, rief er nach mir. »Scheiße, Cord, wo bist du denn? Wir müssen uns beeilen, wenn wir den Flieger kriegen wollen!«

»Ich bin hier! Ans Bett gefesselt!«

»Keine Zeit zum Kranksein. Auskurieren kannst du dich auch im Flugz…« Hakan hatte die Tür aufgerissen und starrte mich überrascht an. »Du bist ja wirklich ans Bett gefesselt!«

Von unten erklang das kehlige Lachen der Wirtin, die, wenn sie auch kein Deutsch verstand, doch folgen konnte.

»Eine Situation, die dir nicht ganz unbekannt sein dürfte …«, spielte ich auf eine frühere Begebenheit in Hakans psychologischer Praxis an, bei der eine ebenfalls ältliche Lederbraut Hakans – für einen Psychologen – überragend mangelnde Menschenkenntnis unter Beweis gestellt hatte. Nur dass dieses Mal ich das Opfer war. Hakan räusperte sich kurz, beschloss, das Thema auf sich beruhen zu lassen, knüpfte die Seile an meinen Handgelenken auf und überließ es dann mir, den Rest zu entfernen, während er sich bereits auf den Weg nach unten machte, wo er der verrückten Alten seine Visitenkarte zusteckte.

Während wir hinausgingen, schwenkte sie die Karte stolz vor ihrer Brust und gab mir dann einen kräftigen Klaps auf den Hintern.

»Bist du nicht ganz dicht?«, fuhr ich Hakan diplomatischer an, als beabsichtigt. »Du kannst der Hexe doch nicht deine Karte geben. Am Ende steht die bei dir vor der Tür und lässt sich nicht abwimmeln.«

»Warum auch nicht. Ist ja der Sinn dabei, wenn man jemanden seine Kontaktdaten gibt, oder?«

»Aber wieso?«, staunte ich ungläubig.

»Na ja, du hast schließlich nicht gesagt, dass es schlecht mit ihr war, oder?«

Das war etwas an Hakan, woran ich mich einfach nicht gewöhnen konnte. Er hatte Erfolg bei Frauen, was aber nicht dazu führte, dass er ernsthaft wählerisch oder anstrengend wurde. Er nahm die Dinge, wie sie kamen, und liebte bald diese, bald jene neue Bekanntschaft mit der gleichen Inbrunst und für Qualitäten, die sich anderen nicht erschlossen. Etwas, das genauso viel Charakter wie Individualität bewies.

»Du siehst das alles viel zu eng. Und richtig tolerant finde ich dich auch nicht«, kritisierte er mich zu Recht. »Optik ist nicht alles und auch der Herbst hat seine schönen ...«

»... Seiten, ja, ja, kenn ich alles. Nur dass es bei der Alten wohl eher Winter heißen müsste. Und zwar is- oder grönländischer. Und Winter auch nur deshalb, weil nach Winter keine noch miesere Jahreszeit kommt!«

Hakan sah amüsiert zu mir rüber. »Wow, du redest dich ja richtig in Rage. Wenn ich dich nicht besser kennen würde, könnte ich denken, du wärest eifersüchtig!«

Und so schaffte es Hakan, mich von der Trauer über den Verlust meines Vaters abzulenken. Ein Verlust, der – zumal so weit von zu Hause entfernt – nicht real erschien. Ich konnte mir einfach nicht vorstellen, meinen Vater nie wiederzusehen. Und je mehr ich mich auf der Rückreise konzentrierte, ein Gefühl von Trauer und Endgültigkeit herzustellen, desto mehr wurde mir klar, dass der irgendwann in der Zukunft unvermeidliche Verlust meiner Mutter mich viel mehr treffen würde. Das wiederum war ein recht unfairer Gedanke und total unzulässig. Und doch war es so. Im Lichte der späteren Ereignisse mag er erklärbar werden oder gar eine besondere Spiritualität dokumentieren, jetzt aber war er schwerst irritierend.

Der Flug verlief ereignislos. Hakan flirtete mit den Flugbegleiterinnen, verteilte Visitenkarten und versuchte sich jedes Mal mit Rücksicht auf mich und meine Situation an einem ernsten und betroffenen Gesichtsausdruck, wenn er herübersah. Dieses ständige Hin und Her musste anstrengend sein.

Am Flughafen Hamburg-Fuhlsbüttel angekommen, fiel mein Blick auf einen Zeitschriftenstand und die Tageszeitungen, die auf den ersten Seiten einhellig von einer neu aufgeflammten Kriegsgefahr zwischen Nord- und Südkorea berichteten, nachdem Nordkorea ein verbotenes Raketentestprogramm aufgenommen hatte.

»Da muss man sich keine Sorgen machen«, nickte ich über die Schulter in Richtung der Headline der dümmsten aller Gazetten, die mit der Überschrift *Ist das der III. Weltkrieg?* ins Rennen gegangen war.

Hakan sah mich fragend an.

»Nordkorea wird sich schon bei der ersten ernsthaften Übung selbst pulverisieren«, fasste ich die erst vorgestern gewonnene Erkenntnis mit meiner Söldnertruppe zusammen. »Die haben schon verloren, bevor Kim Jong-il das Wort *Kriegserklärung* zu Ende gestottert hat.«

»Apropos verloren«, betrachtete mich Hakan gedankenverloren. »Ich denke, wir haben mein Auto verloren.«

»Den Mercedes?«

»Yep, auch wenn das keine Markenangelegenheit ist. Das wäre auch passiert, wenn es ein VW oder Ford gewesen wäre. Ich hab mir nämlich nicht gemerkt, wo ich ihn abgestellt habe und die haben hier bestimmt zwanzig verschiedene Parkdecks und Außenflächen. Der ist weg!«

»Stimmt. Ich fand es aber sowieso unpassend für dich, Mercedes zu fahren. Das ist so klischeehaft.«

»Gar nicht!«, entrüstete er sich. »So ein Auto drückt aus, dass ich ernsthafte Migrationsabsichten habe, meinem Metier mit Erfolg nachgehe und Wert auf Qualität lege, was wiederum die Vermutung nahelegt, dass ich in meinem Beruf selbst Qualität anbiete.«

»Was nicht stimmt, wie wir beide wissen«, antwortete ich vorschnell und beleidigte ihn damit ungewollt.

Wir teilten uns auf, wiesen uns unterschiedliche Parkdecks zur Suche zu und gaben uns eine Stunde Zeit, den Wagen zu finden. Danach, so Hakan, würde er seinen Diplomanden, der gerade seinen Psycholaden schmiss, mit der Aufgabe betrauen.

»Ich könnte das wie einen Praxisversuch aussehen lassen, ihm meine Stimmung beim Abflug beschreiben und ihn, daraus resultierend, ein Profil des am wahrscheinlichsten gewählten Parkdecks herausarbeiten lassen.«

»Du meinst, du erinnerst dich an die Stimmung, in der du das Auto geparkt hast, aber nicht daran, wo du es geparkt hast?!«

Hakan sah mich verblüfft an, so als würde ihn diese Frage unerwartet treffen. »Nicht genau natürlich, aber für den Diplomanden wird es reichen. Ich meine, wie soll meine Stimmung schon gewesen sein? Leicht verkatert, unkonzentriert, fahrig, weil spät dran und erotisch leicht übermotiviert.«

»Also wie immer?«

»Genau.«

Lob und Tadel bringen den Weisen nicht aus dem Gleichgewicht

Nach einer Stunde erfolglosen Suchens trafen wir uns, wie verabredet, am Info-Point, wo Hakan achselzuckend sein Mobiltelefon aus der Jacke zog und seine Lübecker Praxis anrief. Für die Zeit der Abwesenheit hatte er alle bestehenden Termine abgesagt und ansonsten dem Studenten freie Hand gegeben, wenn es zu einem unerwarteten *Notfall* käme. Etwas, das seit Hakans Übernahme der Praxis bisher erst zweimal vorkam und deshalb hinreichend unwahrscheinlich war. Beim ersten Mal handelte es sich um einen versuchsweisen Selbstmörder, den die Polizei rechtzeitig aus dem Lübecker Hafenbecken gezogen hatte, um ihn danach tropfnass in der psychologischen Praxis abzuliefern. Das andere Mal um die Angehörigen eines mit einem Sportflugzeug verunglückten Geschäftsmannes, der die Chuzpe hatte, bei Mistwetter von Bremen Richtung Lübeck zu fliegen, mit einem unbekleideten Passagier an Bord, der sich zu allem Überfluss als männlicher Angestellter seiner Firma herausstellte.

Hakan hatte getan, was er konnte, um die Angehörigen zu trösten, und das war, wie ich wusste, nicht viel:

»Flieger, zumal leidenschaftliche, sind Menschen, die nach tiefer, persönlicher Freiheit suchen. Dem Irdischen entrückt und losgelöst vom Ballast der Welt, wollen sie die äußere Schwerelosigkeit des Fliegens in ihren inneren Gemütszustand transzendieren. Ich halte es für gut möglich, dass ihr Mann …«, und dabei sah er die verstörte Hausfrau und die beiden Kindern im Teenageralter mit aller zur Verfügung stehenden Offenheit an, »… dass ihr Mann und sein Kollege dieses Gefühl nur noch intensiver erleben wollten. Und was könnte die Abkehr von Zwängen besser ausdrücken als vollständige Nacktheit?!«

Die gewesene Ehefrau sah Hakan mit leeren Augen an und ein kleiner Hoffnungsschimmer stahl sich in ihre Pupillen, bevor er wieder erlosch.

»Ich denke, ihr Mann und sein Kollege, waren einfach nur …«

»… zwei Schwuchteln auf Ausfahrt, die sich einen Dreck um Ansehen und Versorgung ihrer Familien kümmern?!«, fiel ihm die Ehefrau ins Wort.

»Ähh, ja, so ungefähr«, stammelte Hakan. »Nur mit weniger Schwuchtel und Ansehen und so. Nebenbei muss es ›kümmerten‹ heißen.«

»Wie bitte?«

»Die sich um Ansehen und Versorgung ihrer Familien kümmerten, nicht kümmern. An den kleinen Unterschied sollten wir uns jetzt besser gleich gewöhnen, nicht wahr?«, plapperte Hakan und ward sogleich vom Jammer umwogen…

So gesehen war es auch kein großes Risiko, dass Hakan einging, als er dem Studenten die Praxis überließ. Außer natürlich, der Kerl wäre noch unbrauchbarer als Hakan selbst, was ich mir lieber nicht vorstellen wollte. Trotzdem lauschte ich dem Telefonat mit seinem Stellvertreter, von dem ich nur wusste, dass er eigentlich Kevin hieß, von Hakan aber Hartmut genannt wurde, weil sich das entschieden mehr nach wolleweichem Soziologen mit maximalem Verständnisüberschuss anhörte. Hartmut kam aus Mecklenburg-Vorpommern und hatte nach dem Abi in den neuen Bundesländern und einer zweijährigen, erfolglosen Ausbildungssuche zum Mechatroniker plötzlich eine innere Leere gespürt, die er tief in der Körpermitte verortete. Seine Mutter, eine evangelische Pastorin, hielt es für ein gutes Zeichen, dass ihrem pragmatischen, bisher auf pure Triebbefriedigung aus seienden Spross vielleicht doch noch ein Mindestmaß an Empfindsamkeit gegeben wäre. Fortan schleppte sie ihm alle verkopfte Literatur aus dem Schöngeistland, derer sie habhaft werden konnte, nach Hause, bestellte das Kabelfernsehen und den Internetanschluss ab und ließ ihren ratlosen Jungen mit diesem Quell der Freude zurück, die er mangels Alternativen auch brav verschlang.

Verschlingen ist übrigens ein prima Stichwort, um die wahre Ursache für Hartmuts Loch im Inneren zu erklären. Es handelte sich ganz einfach um einen Hunger der bärigen Art, weil er die ständigen Obst- und Gemüsegerichte, die seine berufstätige Mutter für ihn vorbereitete, so wenig ertrug, dass er sie kiloweise im Garten vergrub und tagein tagaus von Pizza, Burger und Döner träumte.

So wurde Hartmut später zu einer gefährlichen, vor unterdrückten Gelüsten berstenden Dumpfbacke, die es mittels angelesener Phrasen hin und wieder schaffte, ihr Umfeld vom Gegenteil zu überzeugen. Bei mir, und das ist eine der wenigen Dinge, die ich mir zugutehalte, dauerte es nur eine Minute, bis ich ihn, den mittlerweile von nachgeholten Pizzaorgien massiv aufgeschwemmten Deppen, durchschaute. Bei Hakan würde es wohl noch ein bisschen dauern, bis auch er sich in die Unvermeidlichkeit dieser Beurteilung fügte. Zugegeben, ich hatte es leicht, weil Hartmut meine erste an ihn gerichtete Frage (»*Und Hartmut, wie geht es uns heute?*«) mit »*Harmut hat Hunger!*« beantwortete und dabei so aussah, als würde er gleich meine Taschen nach Sandwichresten durchsuchen. Ich hatte damals versucht, Hakan meinen Eindruck von Hartmut mitzuteilen, aber irgendwie hatte er nicht reagiert.

»Die Tage, als man für Dick & Doof noch zwei Personen brauchte, sind wohl endgültig vorbei, oder?«, raunte ich ihm zu und erntete ein Achselzucken.

Wundern konnte mich der Teil des Telefonge-
spräches zwischen Hakan und Hartmut, den ich
gerade mitbekam, also nicht.

»Was soll das heißen, sie hat die Polizei gerufen?«, bellte Hakan in den Hörer.

Stanitzki

Kommissar Stanitzki wusste, was es bedeutete, auf dem Abstellgleis gelandet zu sein, und genoss es in vollen Zügen. *Abstellgleis*, das hieß, dass niemand etwas von ihm erwartete, niemand mit fachlichen Fragen oder Aufgaben zu ihm kam, Berichte oder gar die Teilnahme an einer der gefürchteten Weiterbildungsmaßnahmen von ihm verlangte. Zufrieden strich er sich über den schon leicht ergrauten Schnauzbart und lächelte in die Zeitung hinein, die aufgeklappt vor ihm lag und mit vielzähligen Textmarker-Markierungen versehen war. Seit er in das Referat für Anerkennungen & Beschwerden mit Schwerpunkt der Bearbeitung von Anerkennungen versetzt worden war, hatte er endlich Zeit für seine Hobbies. Eines davon war die Erstellung von Zeitungen mittels einer Software namens *Jetzt-drucke-ich's-mir-Selbst*, die er illegal auf dem Behördenrechner installiert hatte und mit der er sich nun an der 1:1-Nachbildung der jeweiligen Tageszeitung versuchte. Hierzu musste er die Artikel der Originalzeitung einzeln mit dem Behördenmultifunktionsgerät einscannen, ebenso die enthaltenen Fotos, und schlussendlich das Ganze wieder in die neue Zeitung einfügen. Das hört sich zunächst sinnlos an und bleibt es auch, wenn man länger daran herumdenkt. Und genau diese Sinnlosigkeit war es, die Stanitzki an der Aufgabe so reizte. Genauso sinnlos, wie einzelne Verbrecher festzusetzen, wo doch ein steter Nachfluss garantiert war.

Manchmal veränderte er die eingescannten Berichte oder verfremdete einzufügende Bilder mit einer ebenfalls illegal installierten Bildbearbeitungssoftware. Hin und wieder schrieb er auch zusätzliche Artikel in seine Zeitung, aber immer, wirklich immer, sah das Ergebnis aus wie eine schlecht gemachte, rumänische Schülerzeitung.

Gegen seine sonstige Gewohnheit war Stanitzki am heutigen Tag mit dem Ergebnis unzufrieden. Er machte noch zwei, drei Probedrucke auf dem Hausdrucker, schmiss dann alles mit einer für ihn ungewöhnlich lebhaften Geste in den Papierkorb und nahm sein kariertes Wolljackett vom Haken.

»Bin auf Außendienst«, schleuderte er der uninteressiert wirkenden Zimmerkollegin den zwischen ihnen stillschweigend vereinbarten Code für *Ich-mach-jetzt-blau-und-werd-auch-nicht-wieder-reinkommen* entgegen. Ihr war es egal, hatte Stanitzki doch außer dem von ihm ausgehenden Altmännergeruch nichts zum Büroalltag beizutragen.

Für seinen heutigen Nachmittagsausflug hatte Stanitzki sich etwas Besonderes ausgedacht. Heute wollte er nicht wieder in den kleinen Modellbauladen an der Grindelallee gehen und sich mit dem netten Inhaber über die angekündigte Sonderserie der Märklin Dampflokomotive 55581 in Spur 1 unterhalten, die nur für registrierte Mitglieder gefertigt- und mit radsynchronen Fahrgeräuschen und Dampfausstoß, Lautsprechern in Lok und im Tender sowie einer Telex-Kupplung ausgestattet war. Diese Unterhaltung hatte er bereits an den letzten drei Arbeitstagen geführt. Eigentlich war ja auch alles zu dem Thema zwischen ihnen gesagt, auch der Umstand, dass Stanitzki zwar interessiert, aber nicht kaufwillig war. Daraufhin hatte ihn das Gefühl beschlichen, die Gespräche und das ihnen innewohnende Gefühl von Sympathie und Vertrautheit mehr genossen zu haben als der Ladenbesitzer und dass die zwischen ihnen keimende Freundschaft doch eher seinem Wunschdenken entsprach.

So war das mit Stanitzki, dem bärbeißigen Kommissar und Einzelgänger. Meistens lehnte er die Menschen und ihre charakterlichen Defizite rundweg ab. Ihren Egoismus, ihre Nachlässigkeit, ihre Vergnügungssucht und Ignoranz. Und da eine solche Einstellung nicht ausgesprochen werden muss, sondern fester Teil der eigenen Ausstrahlung wird, hatte er keine Freunde und fühlte sich zumindest manchmal etwas einsam. Heute war wieder so ein Tag und Stanitzki beschloss, etwas für seine Stimmung zu tun und einen alten Kollegen von der Schutzpolizei auf Streife zu besuchen. Den Kollegen kannte er schon seit den Anfangstagen der Karriere, als sie gemeinsam die ersten Ausbildungsstufen durchliefen und auf Streife gingen. Nur dass Kollege Walter genau das immer noch tat, während Stanitzki es immerhin zur Position eines Hauptkommissars gebracht hatte. Für den Kollegen Walter hieß das, Hacken zusammenschlagen, Respekt zeigen und mit ein paar jovialen Floskeln ausloten, inwieweit sich der Standesunterschied durch vertrauliche Kumpelhaftigkeit aufheben ließ ...

Gar nicht, entschied Stanitzki und labte sich an seinem Erfolg, der nirgends besser sichtbar wurde als hier bei *Plattfuß* Walter auf seiner Endlosstreife. Stolz über die Eingebung beharrte er auf der hanseatischen Kombination aus Vornamen und Siezen, als er ihn ansprach.

»Na, Walter, was haben Sie denn heute so für schwere Jungs zur Strecke gebracht!?«, raunte er ihm nach Abarbeitung der ersten Floskeln launisch zu und schlenderte lässig weiter, sodass Walter sich seinem Schritt anpassen musste.

»Ein Verkauf ohne Standgenehmigung, ein paar Schulkinder mit Tomaten auf den Augen, die bei Rot über die Straße gewackelt sind, ein betrunkener Randalierer ...na, du kennst es ja.«

Stanitzki gab sich überrascht, auch wenn er nur zu gut wusste, wie wenig unterhaltsam der Streifendienst war. Das gehörte einfach zum Spiel dazu und gleich, so wusste er, würde er sich viel besser fühlen als eben noch, als er das deprimierende Druckergebnis seiner heutigen Zeitungskopie in Händen gehalten hatte.

»Es ist für uns gestandene Kerle auch wirklich nicht das Richtige, noch auf Streife zu gehen, oder? Vielleicht hättest du mit mir die Verwaltungshochschule besuchen sollen, als man uns das damals anbot!«

Walter wusste, was man von ihm erwartete, und sah deprimiert zu Boden.

Was für eine armselige Wurst, sinnierte Stanitzki im Stillen und ergänzte an sich selbst gerichtet: *Tja, Alter, alles richtig gemacht!* Und gerade als er zum Todesstoß ansetzen wollte, dem Hinweis auf seinen neuen Dienstwagen, wurden sie durch etwas ungewöhnlich Rosafarbenes aufgeschreckt, das sich im Näherkommen als nackte Frau in der Fußgängerzone erwies.

Es dauerte bestimmt zwanzig Sekunden, bis sich die beiden gesammelt hatten, um polizeitypisch zu reagieren, was hieß, dass sie sich genussvoll über den Schnauzbart strichen und gegenseitig zunickten. Stanitzki dachte, *was für ein schmieriger Widerling*, und traf damit zufällig genau das Urteil, das sich Walter soeben über Stanitzki gebildet hatte. Doch Walter war jetzt wieder ganz Polizist, straffte die Schultern, räusperte sich und mühte sich redlich, Respekt auszustrahlen. Aufgeplustert wie ein Gockel, der in einen Zuber Weichspüler gefallen war, stellte er sich der attraktiven Mittdreißigerin in den Weg.

»Sie wissen schon, dass das hier kein FKK-Strand ist, oder?«, eröffnete er seine Ansprache und tippte sich dabei lässig an die Mütze, während sich Stanitzki im Hintergrund hielt.

»Das ist mir bewusst, Herr Wachtmeister.«

Walter reagierte verärgert auf die falsche Berufsbezeichnung, die seit Mitte der Achtzigerjahre nicht mehr existierte. »Polizeimeister bitte! Nicht Wachtmeister. Und wenn Ihnen bekannt ist, dass das hier kein FKK-Strand ist, frage ich mich, warum sie trotzdem in diesem ungehörigen Aufzug herumstolzieren?«

»Tja, Herr Polizeimeister, zunächst einmal ist das hier kein Aufzug, sondern der - im Gegenteil - unaufgezogene Körper einer Ärztin, die mit diesem bewusst provokanten Auftritt zweierlei Anliegen vertritt.«

Walter drehte sich hilflos zu Stanitzki, der alterszynisch vor sich hinmurmelte: »Eines dieser Anliegen hat sicher mit der Abrechnungspraxis von Hausarzt-Beratungsgesprächen zu tun …«

»Sie müssen gar nicht darüber lachen«, fuhr ihn die nackte Ärztin an. »Zumal mein erstes Anliegen darin besteht, Männer vor einer ungerechten Diskriminierung in Schutz zu nehmen.«

»Wie dürfen wir das verstehen?«, fragte Stanitzki und sah angewidert, wie Walter auf die

Brüste der Ärztin starrte und sich mit der Zungenspitze über die Lippen leckte. *Streifenbulle, auf ewig. Was anderes kann und darf das nicht mehr werden.*

»Kennen Sie den Paragrafen 183 des Strafgesetzbuches?«, antwortete die Ärztin, die bereits erkannt hatte, dass Walter bestenfalls Staffage für ihren Auftritt sein würde und Stanitzki der richtige Ansprechpartner war.

Mittlerweile hatte sich auch ein Menschenauflauf um sie herum gebildet und die Leute folgten mindestens genauso interessiert den Bewegungen der nackten Brüste, wie den Ausführungen der zugehörigen Eigentümerin. Stanitzki schüttelte die einschüchternde Beobachtung ab und antwortete souverän:

»Paragraf 183 StGB behandelt das, was wir Erregung öffentlichen Ärgernisses nennen«, demonstrierte Stanitzki souverän sein Wissen. »Insbesondere aber geht es dabei um sogenannte *exhibitionistische Handlungen*. Wirklich interessant finde ich nur, dass Sie genau den Paragraphen anführen, gegen den sie hier so auffällig verstoßen. Das dürfte sich nicht unbedingt strafmildernd auswirken, wenn wir nicht sofort eine friedliche Lösung finden. Nebenher kann ich nicht erkennen, wieso Sie damit die Angelegenheit der Männer vertreten.«

»Um die Sache ein wenig nach vorne zu bringen«, erwiderte sie, wobei sie sich bewusst nach vorne beugte und ihre Brüste auspendeln ließ, »teile ich Ihnen hiermit meine Personalien mit. Ich heiße Charlotte Grauch, bin fünfunddreißig Jahre alt und unverkennbar eine Frau. Ihr Paragraf 183 StGB, Exhibitionistische Handlungen, den Sie soeben korrekt zitiert haben, bezeichnet den strafrechtlich zu verfolgenden Tatbestand in Absatz 1 wörtlich wie folgt: *Ein Mann, der eine andere Person durch eine exhibitionistische Handlung belästigt, wird mit Freiheitsstrafe bis zu einem Jahr oder mit Geldstrafe bestraft.* Von Frauen ist da nirgends die Rede!«

Frau Grauch drückte Stanitzki eine aufgeschlagene Taschenbuchausgabe des Strafgesetzbuches in die Hand, die sie in ihrer linken Hand gehalten hatte. Walter schob sich dicht an ihn heran und versuchte mitzulesen.

»Und, stimmt das?«, fragte einer der Männer aus der Zuhörerschaft.

Stanitzki sah ihm fest in die Augen, bevor er antwortete. »Ja, das stimmt. Also zumindest steht es hier so geschrieben.«

»Im Strafgesetzbuch steht, dass nur **Männer** für exhibitionistische Handlungen verfolgt werden?«

»Im Prinzip ja.«

Ein empörtes Raunen ging durch die größer gewordene Menge.

»Wie dem auch sei«, hob Stanitzki an, »wenn Sie sich nicht sofort be**decken**, nehmen wir sie mit auf die Wache.«

Die Ärztin grinste ihn spöttisch an. »Wir sind noch nicht auf den zweiten Punkt meines Anliegens gekommen.«

»Wie bitte?«

»Ja, das hier soll auch ein Protestlauf gegen das sexuelle Desinteresse meines Ehemannes, Professor Manfred Grauch sein, der lieber mit kleinen Assistenzärztinnen herumturtelt, als seinen ehelichen Pflichten zu genügen, der Mistkerl!«, schrie sie in die Menge. »Professor Manfred Grauch! Merkt euch seinen Namen und jagt ihn aus der Uniklinik!«

Walter beugte sich zu Stanitzki und sprach halblaut. »Wir nehmen die Verrückte jetzt besser mit, oder?«

»Hah! Das habe ich gehört!«, wandte sich Charlotte Grauch an die beiden Polizisten. »Und das waren gleich zwei Fehler. Zum einen die Beleidigung und zum anderen der Irrtum, dem sie unterliegen, wenn Sie glauben, mich mitnehmen zu können. Vielleicht sollten sie mal Absatz 2 desselben Paragrafen lesen!«

Stanitzki tat, wie ihm befohlen, und schlug erneut die Seite des Buches auf, in dem er noch immer seinen Daumen stecken hatte. »Absatz 2: *Die Tat wird nur auf Antrag verfolgt, es sei denn, dass die Strafverfolgungsbehörde wegen des besonderen öffentlichen Interesses an der Strafverfolgung ein Einschreiten von Amts wegen für geboten hält*«, las er laut vor.

»Sehen sie«, triumphierte die Ärztin, »*wegen des besonderen öffentlichen Interesses* steht da. Das heißt doch wohl im Umkehrschluss, dass Sie nicht einschreiten dürfen, wenn kein *öffentliches Interesse* an einer Strafverfolgung besteht. Fragen wir doch einmal die Öffentlichkeit!«, wandte sie sich an die Zuschauer. »Stört es Sie, dass ich nackt bin?«

Lautstarkes Gemurmel erhob sich, bevor die ersten Kommentare durchklangen. »Nein, stört uns nicht«, hörte man, und »Für mich kannst du immer so bleiben!«. Und wieder ein anderer bewies seine mentale Instabilität, indem er in die ritualisierten Schlachtrufe seiner Jugendclique verfiel und »Ausziehen, ausziehen!« rief. Kurz darauf bemerkte er seinen Irrtum und versuchte sich damit herauszureden, er hätte die beiden *Bullenschweine* gemeint.

Stanitzki verlor allmählich die Geduld und merkte, Profi der er war, dass ihnen die Situation langsam entglitt.

»Wie dem auch sei, die zitierte Strafverfolgungsbehörde sind wir, und so liegt es in unserem Ermessen, wann und wo ein öffentliches Interesse an der Strafverfolgung besteht. Des Weiteren nehmen wir Sie nicht nur zwecks Strafverfolgung mit, sondern zu Ihrem eigenen Schutz und um Ihre Gesundheit feststellen zu lassen.«

Mit einem geübten Griff angelte er sich Walters

Handschellen, legte sie mit einer einzigen, flüssigen Handbewegung an seinen Arm und den der Ärztin an und begann, die protestierende und um sich schlagende Frau mit sich zu ziehen.

»Ich rate Ihnen, sich nicht zu widersetzen. Da stehen für Sie sonst andere, ernsthafte Konsequenzen an. Hinterher können Sie dann machen, was Sie wollen. Uns anzeigen und verklagen, wie es Ihnen beliebt. Aber jetzt kommen Sie erst einmal mit.«

Hierauf gab er Walter einen Stoß in die Seite, der unglücklich danebenstand und die Kontrolle über die Situation vollends verloren hatte. *Idiot*, dachte Stanitzki. *Und für so eine Lusche sacke ich mir hier einen Haufen Ärger ein.* Und noch während sie sich auf dem Weg zum Einsatzfahrzeug befanden, kam ihm ein grandioser Gedanke, wie er seinen Ärger bei jemand anderem abladen konnte, mit dem er sowieso noch eine Rechnung offen hatte. Die Langhaar-Psychoschwuchtel aus dem früheren Camp der Liebe von Cord Andreesen hatte doch eine psychologische Praxis in Lübeck. Dem würde er die Bekloppte überlassen und sich die Zähne an ihr ausbeißen lassen. Ein psychologisches Gutachten über die Verrückte erstellt von einem anderen Verrückten. Was für eine blendende Idee!

Es kostete ihn keine dreißig Sekunden Überredungszeit, um den Kollegen Walter von der Richtigkeit des Vorgehens zu überzeugen. Walter saß ehrfürchtig neben Stanitzki und war immer noch schwer beindruckt von dessen konsequenter Handlungsbereitschaft. Hier saß er nun zusammen mit einem Machertypen, einem entscheidungs-freudigen Beamten, als den er sich selbst nie gese-hen hatte. Und er würde ihm folgen, wohin auch immer.

So wie der Acker verdorben wird durch Unkraut, wird der Mensch verdorben durch seine Gier

Hartmut, der alleingelassene Diplomand in Hakans Praxis, saß am Schreibtisch, den Hakan ihm vor seiner Abreise nach England zugewiesen hatte. Gut, Schreibtisch mag übertrieben sein, aber es handelte sich zweifellos um einen Tisch, der ihm alleine zur Verfügung stand. Streng genommen nicht ganz alleine, war es doch der Druckertisch, auf dem eben auch der Drucker selbst stand, ein Eckchen für weiteres Druckerpapier reserviert war und, ja, auch ein kleiner, eher minimaler Bereich für Hartmuts Schreibambitionen.

Hartmut war glücklich mit diesem Arrangement und weigerte sich auch jetzt, in Abwesenheit seines Chefs, dessen beeindruckenden Schreibtisch zu benutzen. Natürlich wäre das auch ein Tabubruch gewesen, nur dass sich die meisten Studenten in Abwesenheit einer Ordnungsperson davon nicht abschrecken ließen. Nicht so Hartmut, der erfreut festgestellt hatte, dass der Drucker auch im Ruhezustand eine permanente Wärmequelle war und gerade die Gehäuselüftung mit ihrem starken Wärmeaustritt als idealer Abstellplatz für eine Tüte mit BigMacs und Hamburgern Royal TS herhalten konnte. Hier gelagert blieben die Burger länger warm, als es Hartmuts Appetit nötig werden ließ.

Es war Viertel nach eins, als Hartmut auf die Uhr sah und sich freudig auf sein Mittagessen einstellte, das in der Papiertüte mit dem geschwungenen Logo des weltgrößten Burger-Mikrowellierers an seinem vorgesehenen Warmhalteplatz stand. Er wollte gerade seine Stoffserviette aus der Ablage der kleinen Praxisküche holen, so viel hatte die Erziehung der Pastoren-Mutter immerhin bewirkt, als die Türklingel mit ihrem bewusst sphärischen Klang läutete und auch nach einer Minute streng reglosen Verharrens und Abwesenheit-Simulierens nicht verstummte. Das kommt ungelegen, dachte Hartmut und lag damit noch weit von dem entfernt, was ihn erwartete ...

***

Hakan und ich hatten uns mittlerweile für einen Leihwagen entschieden, um die gut sechzig Kilometer vom Hamburger Flughafen zu seiner Lübecker Praxis zu überbrücken, nachdem wir den Mercedes für das Erste aufgegeben hatten. Logisch, dass ich Hakan in dieser Situation meine Begleitung anbot.

Im Auto brachte er mich auf den Stand seiner zwischenzeitlichen Telefongespräche mit Hartmut und dem Polizeirevier.

»Also, nicht SIE hat die Polizei gerufen, sondern

ER. Und erst danach hat auch SIE noch mal angerufen.«

»Wer ist sie und wer ist er?«

Hakan sah mich mitleidig an. »Na ja, Hartmut
ist in diesem Fall ER, auch wenn ich mir nicht ganz
sicher bin, ob er das weiß. SIE ist die Verrückte, die
Stanitzki in meiner Praxis …«

»Stanitzki? Kommissar Stanitzki? Was hat denn
der damit zu tun?«

»Vielleicht lässt du mich erst mal ausreden und
stellst dann deine Fragen, sonst kommen wir nicht
weiter. Also, eigentlich hat Kevin, also Hartmut,
die Polizei gerufen, weil die verrückte Frau, diese
Polizeieinweisung, ausgeflippt ist und …«

»Sagt man bei euch einfach so *Verrückte*? Ich
hätte gedacht, bei Psychologen wäre sogar Adolf
Hitler ein *Patient* und nicht ein *Verrückter*?«

»Klar, aber ich hab jetzt nicht genügend Zeit,
mich auf Praxtalk umzustellen. Also, die Verrückte, die übrigens bis auf eine von der Polizei gestell-
te Decke vollkommen nackt war, hat versucht,
Hartmuts Burger zu klauen. Das fand der natürlich
nicht gut, worauf es zu einer kleineren Rangelei
…«

Ich unterbrach Hakan voll ungläubiger Überraschung. »Der angehende Verständnisfuzzi hat sich
wegen eines Hamburgers mit seiner Patientin geschlagen?«

»Du sollst mich nicht immer unterbrechen! Und

immerhin handelte es sich um einen Royal TS. Das ist ein Burger mit Tomate und Salat. Deswegen *TS*.«

»Okay, und weiter?«

»Tja, bei so etwas hört für Hartmut bekanntlich der Spaß auf. Obwohl es keine richtige Schlägerei gewesen sein soll. Eher ein Herumgetolle. Und dabei ist sie dann irgendwie blöd gefallen und hat sich den Arsch aufgerissen.«

»Wie bitte???«

»Ja, alles nicht so wild. Sie ist wohl auf irgendwas gefallen und hat nun eine Schramme am Hintern. Nicht schlimm. Zusätzlich sagte man mir, sie sei Ärztin, sodass sie das selbst behandeln kann.«

»Die nackte Verrückte war eine Ärztin?«

»Nö, ist sie immer noch. Ich kann mir nicht vorstellen, dass ein kleiner Unfall sie derart zurückwirft, dass sie den Job aufgeben muss. Aber egal, auf jeden Fall hat Hartmut - als er merkte, dass er die Kontrolle über das Ganze verliert – die Polizei angerufen.«

»Da müsste seine Hand mit dem Telefonhörer verwachsen sein.«

Hakan lachte wohlwollend. »So schlimm ist er nun auch wieder nicht.«

»Schlimmer, wenn du mich fragst.«

»Du wirst sehen«, schloss Hakan seinen Bericht »wenn wir da aufkreuzen wird mal wieder alles halb so wild sein …«

Ein süßes Wort erfrischt oft mehr als Wasser und Schatten

Ich mag es, wenn die Männer mich ansehen und dabei eine Erektion bekommen«, hauchte die Verrückte Hartmut lasziv an und starrte eindringlich auf dessen Hose. Kaum drei Minuten zuvor hatten sich die beiden Bullen mit der nur in einen Decke gehüllten Frau in die Praxis gedrängt, ihn ein merkwürdiges Formular unterschreiben lassen und die Irre mit besten Grüßen an Herrn Hakan zurückgelassen.

Hartmut sah überrascht an sich herunter und bemerkte die Ausbeulung seiner Hose.

»Oh, nein«, korrigierte er den falschen Eindruck. »Das ist nicht, was Sie denken. Das ist nur mein Hamburger Royal, den ich in die Hosentasche gesteckt habe, als die Bullen an der Tür klingelten.«

Charlotte sah ihn milde lächelnd an. »Weil er mit Drogen gespickt ist?«

Sie deutete auf den in Packpapier eingewickelten Burger, den Hartmut aus der Tasche gezogen hatte und den er ihr jetzt entgegenhielt.

»Nee, keine Drogen. Das ist ein TS!«

»Wie bitte?«

»Ja, ein Hamburger Royal TS. **T**omate und **Sa**lat. Keine Drogen!«

»Warum hast du ihn dann vor der Polizei versteckt?«

»Damit er nicht in die falschen Hände gerät. Außerdem hält er sich in der Hosentasche viel besser. Zumindest, wenn man ihn ein bisschen labbrig mag, so wie ich.«

»Du magst es also labbrig?«, fragte sie gespielt, nahm dabei wieder den lasziven Tonfall von eben an und öffnete die Decke. Sie schüttelte ihren Oberkörper und zwang damit Hartmuts Blick auf ihre Brüste, die sich nur langsam auspendelten.

Hartmut schüttelte verlegen den Kopf. »Na ja, vielleicht nicht ganz so labbrig. Es war auch mehr auf die Konsistenz des Brötchens bezogen und auch nur, wenn da so Ketchup und Gurkenscheiben dazwischen sind.«

Erneut brachte Charlotte ihre Pracht ins Wanken bevor sie darauf einging. »Wenn du willst, dann kannst du ja eine Gurkenscheibe dazwischenstecken und sie herunterknabbern«, hauchte sie.

Hartmut zog spontan seine Hand mit dem Burger zurück und verbarg ihn hinterm Rücken, bevor er mit festem Tonfall antwortete: »Die Gurke bleibt, wo sie ist!«

Charlotte nahm sich Zeit und wechselte in ihrer Mimik von mädchenhaftem Beleidigtsein zu erneuter Erotikoffensive. »Du hast aber noch eine andere Gurke, die mich interessiert!«

Hartmut hob neugierig den Burger vor seine Augen und löste behutsam die pappigen Teigdeckel vom Brätling. »Nee, da ist keine Gurke mehr. Immer nur eine pro Burger. Hatte mich schon gewundert als Sie das sagten, Ma'am. Aber da sind Sie echt auf dem falschen Dampfer!«

»Oder du bist es, der zu wenig Dampf hat.« Mit einer schnellen Bewegung nach vorn näherte sie sich Hartmut und griff ihm beherzt in den Schritt. »Aber das kann ich ja vielleicht ändern!«

Hartmut stieß einen spitzen Schrei aus, behielt aber tapfer seinen Burger in der Hand, den er bis zum Ende verteidigen würde.

***

Als Hakan und ich bei den Praxisräumen ankamen, bekamen wir bereits einen Eindruck vom Ausmaß der Katastrophe. Hinter einem normalen Streifenwagen stand ein Polizei-Mannschaftswagen und vor dem Eingang ein ernst aussehender Uniformierter, der die Aufgabe hatte, Neugierige abzuhalten. Nach dem Einparken brauchte Hakan mehrere Minuten bis er den jungen Polizisten von seinem berechtigten Zutrittsinteresse überzeugen konnte. Und erst als er zeitgleich auf das Türschild mit seinem Namen und seinen Personalausweis wies, legte sich die Anspannung und der Polizist zeigte sogar so etwas wie Verständnis.

»Das wird kein schöner Anblick«, gab er uns mit auf den Weg, während wir an ihm vorbeimarschierten.

Hakan hielt schlagartig an und ließ mich auflaufen. Dann wandte er sich an den Polizisten:

»Nur weil die Dame nackt herumläuft und eine Schramme am Arsch hat?«

»Nö, ob nun nackt oder nicht, aber herumlaufen wird die bestimmt so schnell nicht mehr, nachdem der Irre ihren linken Oberschenkel durchgetackert hat. Als Schramme kann man das nun wirklich nicht bezeichnen!«

Wir sahen uns überrascht an. »Was meinen Sie mit *tackern*? Ich dachte, sie hätte bloß eine Schramme am Hintern?!«

»Vielleicht auch … Keine Ahnung, aber auf jeden Fall hat der Freak ihr mit dem aufgeklappten Bürohefter das Bein heruntergeklammert. Von oben bis unten! Völlig ausgeflippt, wenn sie mich fragen. Dabei sollte er doch eigentlich der Gesunde von beiden sein. Also im Kopf, meine ich.«

Hakan ließ uns abrupt stehen und sprintete in die Praxisräume, wo Hartmut und Dr. Charlotte Grauch von einem Sanitäter behandelt wurden. Ich traf ein, als Hakan schon beruhigend auf die Streithähne einredete.

»Na, so schlimm sieht das doch gar nicht aus«, tätschelte er Frau Grauch die Schulter, die sich gerade die letzte Büroklammer aus dem Bein zog. »Da habt ihr zwei wohl ein bisschen über die Stränge geschlagen, was?«

Zwei bitterböse Blicke bohrten sich in sein Gesicht, und als die feindselige Stille drückend wurde, erhob sich ein schnauzbärtiger, großer Mann aus einem Stuhl im unbeleuchteten Teil des Empfangszimmers. Mit müden Bewegungen gesellte er sich zu uns.

»Na, Ali, na Spinner, mal wieder so richtig in die Scheiße gefasst?!«, eröffnete er lässig.

»Ah, Stanitzki, der große, müde Kommissar mit Perma-Weltschmerz. Kaum überraschend, Sie hier zu treffen. Dieses Mal als Brandstifter, wie ich höre«, erwiderte ich seine Beleidigung.

Wir kannten uns seit den Zeiten des Camps der Liebe und eigentlich sogar von davor. Wir waren ein paar Mal aneinander geraten und irgendwie hatte ich jedes Mal den Kürzeren gezogen. Eigentlich hatte ich aber in Erinnerung, dass wir bei unserem letzten Treffen so etwas wie gegenseitige Sympathie festgestellt hatten. Vielleicht war das ja auch so und der bärbeißige Alte kannte einfach keine passenderen Worte, um dies auszudrücken.

»Würde ich so nicht sagen«, setzte er gelangweilt fort. »Die Scheiße hier habt ihr aufgequirlt. Ich hab nur eine Patientin in eurer Praxis abgeladen, der man die angegriffene Seele zusammenklammern sollte. Ich hätte aber nicht damit gerechnet, dass ihr das von außen probieren würdet«, brachte er seinen Monolog zu Ende und spuckte beiläufig den Zahnstocher aus, auf dem er bis eben herumgekaut hatte.

Ich hatte Hakan lange nicht so wütend wie jetzt gesehen, als er sich Hartmut schnappte und auf ihn einschrie: »Was hast du verdammter Idiot getan?«

Hartmut deutete mit einer Hand auf sein geschwollenes und verfärbtes Auge und mit der anderen auf sein Gemächt. »Das solltest du vielleicht die blöde Kuh auf dem Stuhl da fragen. Erst hat sie versucht mein Essen zu klauen, und dann hat sie mir an den Sack gegriffen, die nymphomane Kuh. Die wollte mich vergewaltigen!«

Hakan ließ von Hartmut ab und drehte sich mit einem weich gewordenen Ausdruck zu der Ärztin um. »Ist das wahr?«

»Natürlich nicht! Ich wollte ihn nicht vergewaltigen, sondern nur ein wenig auflockern. Ich konnte doch nicht ahnen, dass das Schwein dann gleich wie ein wildgewordener Postbeamter auf mich losgehen würde. Der Typ ist gemeingefährlich!«

»Da hat sie zweifellos recht«, stimmte ich zu. »Aber wieso, Stanitzki, haben Sie die Dame überhaupt hierhergebracht und vor allem dann auch noch hiergelassen, obwohl der verantwortliche Psychologe nicht anwesend war? Das hört sich für mich – wie soll ich sagen –fahrlässig an.«

Stanitzki hüstelte und zog die Schultern gerade. »Wir hatten es ein bisschen eilig und haben die Dame hiergelassen, wo wir sie in guten Händen wähnten. Ich hätte mir eigentlich denken können, dass dem nicht so ist.«

»Genau«, stimmte Hakan zu. »Wenn ich das richtig sehe, haben wir damit zwei Verletzte, deren gegenseitige Deliktbilanz ausgeglichen ist, und dazu einen Vertreter der Ordnungskräfte, der das Ganze zu verantworten hat. Sehe ich also von meinem eigenen Verlust ab«, fuhr er fort, wobei er auf den verbogenen und blutbeschmierten Hefter wies, »gibt es niemanden im Raum, der ein Interesse daran haben dürfte, die Sache weiter zu verkomplizieren, als sie ohnehin schon ist, oder?«

Hakan sah in die Runde. Sein Blick verweilte zunächst bei Hartmut, der betreten zu Boden sah und nickte, ging dann weiter zu Frau Grauch, die es ähnlich hielt, und endete bei Kommissar Stanitzki, der ihn finster anstarrte, bevor auch er mit einem angedeuteten Nicken zustimmte.

Alles ist vergänglich und deshalb leidvoll

In Kapelle 8 des Ohlsdorfer Friedhofes sprach der zu unserer Tortur abgestellte Geistliche pathetisch von Lichtern, die nie verlöschen würden. Ich dachte an Papa und seinen Energiespartick und daran, dass meine Familie sich möglichweise nicht so gut mit dem Grabredner abgesprochen hatte.

Der Mann auf der Kanzel presste Einschätzungen zu meinem Vaters heraus, den er nicht die Bohne kannte und der ihm wohl auch herzlich egal war. Sowohl die Dreiviertelstunde, die der Pastor vorab mit uns Angehörigen gesprochen hatte, als auch das, was er heute daraus gemacht hatte, waren unnütze Zeitverschwendung und eine Beleidigung für den Toten.

»Er glaubte an die Menschen und an die Freude als Antrieb aller Handlungen«, schnurrte der Pastor routiniert seinen Text herunter und bald ließen sich die ersten lauteren Schluchzer hören. *Er glaubte an große Brüste und die Zigarette danach*, wäre treffender gewesen und hätte diesen netten, großzügigen und toleranten Mann viel besser beschrieben. »*Und er wahrte stets eine altmodische Form von Distanz zu seinem Sohn, der ihn verehrte, ihn respektierte, ihm aber nie nahe genug gekommen war, ihn so zu lie-*

ben wie seine Mutter.« Das wäre eine treffende Grabrede. Aber dazu hätte es nicht eines bezahlten Dummschwätzers bedurft, sondern etwas mehr Mumm und Haltung meinerseits.

»Man sieht die Sonne untergehen und erschrickt dennoch, wenn es dunkel wird«, näselte der Kirchendepp seine standardisierte Botschaft heraus. »Unvergessen bleiben sein Lachen und seine positive Art, mit den schweren Aufgaben des Lebens umzugehen.«

Und gerade diese positive Art hatte ich jetzt vor Augen, als ich daran dachte, wie mein Vater einmal mit dem ausgezogenen Schuh auf einen Zigarettenautomaten eindrosch, als der sich weigerte, Geld oder Ware auszuspucken. Vater war – anders als das Bild vom besonnenen, umsorgenden Patriarchen – emotional aufbrausend, verständnisvoll und liebenswürdig. Und hochintelligent oder zumindest intelligent genug, nicht in die Kirche zu gehen. Er war ein Mensch, den man denjenigen, die ihn liebten, nicht erklären musste und denjenigen, die es nicht taten, nicht erklären sollte.

Doch wollte ich nicht zum Zyniker werden, sondern immer versuchen, das Gute in den Geschehnissen zu suchen. Das Yin vom Yang sozusagen. Und mit ein wenig Anstrengung diesbezüglich machte ich mir klar, dass eine misslungene Grabrede mit wenigen Berührungspunkten zum tatsächlichen Wesen des Verstorbenen den unschätzbaren Vorteil bot, uns emotional nicht zu überfordern. Das überwältigende Trauergefühl, wenn bei einer solchen Gelegenheit eine einzelne Tat, typische Geste oder vielgebrauchte Redewendung des Toten in Erinnerung gerufen wird, blieb so einfach aus. Und niemand kann mir weismachen, dass gerade das Gefühl tiefster Trauer hilfreich wäre, um den Schmerz danach besser verarbeiten zu können. Zwanzig Minuten kalkulierten Geschluchzes tilgen nicht das Leben des geliebten Menschen und sind kein Startschuss zu echter *Trauerarbeit*, die am Ende doch nur wieder darin besteht, zu verdrängen oder krank zu werden. Und da fällt meine Wahl ganz klar auf das Verdrängen.

Der Pfarrer hatte deshalb schon die richtige Richtung eingeschlagen, als vorsätzlich oder aus Versehen die Grabreden seiner heutigen Kunden vertauscht hatte.

»Ein aufopfernder, nimmermüder Katzenfreund soll er gewesen sein, so sagten mir seine Angehörigen«, ließ er quasi dieselbe aus dem Sack und erntete erstauntes Gemurmel unter denjenigen von uns, die Papa als Fellallergiker und Katzenkiller kannten, der mit dem Luftgewehr seinen Garten sauber hielt.

Irgendwann hat aber auch die schlimmste Rede ein Ende und nach dem Abschied am Grab verließen wir den Friedhof, um in einem anliegenden Café den Leichenschmaus einzunehmen. Meine Mutter mochte es gerne traditionell und so hatte ich bewusst einen altmodischen Laden ausgesucht und zuvor auch die nötigen Gespräche mit dem Betreiber geführt.

»Aber bitte machen Sie die Schnittchen wirklich lieblos«, hatte ich den mürrischen, kroatischen Cafébetreiber vor zwei Tagen gebeten und gehofft, die gegenteilige Reaktion zu provozieren. »Trockener Aufschnitt, phantasielos zusammengeballert mit einer Monsterschicht Butter, die im gefrorenen Zustand draufgeknallt wird, ohne Chance darauf, gleichmäßig verstrichen zu werden.«

Bojo, der Restaurantbetreiber zuckte mit den Schultern und lächelte mir verschmitzt zu. »Aber ich Sie bitte, Herr Andrees, ist selbstverständlich bei uns in Café *Deutsches Haus*. Und mude Gemusedeko aus Woche vorher ist okay, oder?«

»Genau, Herr Bojo. Einen letzten Wunsch hätte ich aber noch.«

Bojo sah mich misstrauisch an.

»Wenn Sie vielleicht das alte Geschirrservice nehmen könnten, dass sie in den Siebzigern aus der Hamburg-Mannheimer Betriebskantine geklaut haben?«

Bojo simulierte etwas, was er für Beleidigtsein hielt. »Warum Sie sagen geklaut bei Hamburg-Mannheime?«

»Weil es draufsteht!«, unterbrach ich ihn und griff eines der Messer, die mir ins Auge gefallen waren und auf deren Griff ein umranktes **HM** zu sehen war.

»Ach, Schwager hat gebracht. Was ich weiß, wo kommt her. Vielleicht auch aus alte Laden oder IKEA oder was ich weiß.«

»Und dann die Buchstaben HM?«

»Ja, wie IKEA, ich sag doch!«

Womit der Deal besiegelt war. Guter Typ, dieser Bojo. Wir sollten ihn mal mitnehmen, wenn Hakan und ich auf Tour gehen.

***

Als unsere kleine Trauergesellschaft im Deutschen Haus einlief, sah ich mich nicht getäuscht. Alles war, wie besprochen. Eine Atmosphäre wie bei der Musterung im Kreiswehrersatzamt, das gleiche, mürrische Personal und ein Sauberkeitsanspruch, der zum Anlass passte. Asche zu Asche, Staub zu Staub. Bojo nahm mich in meinem angeschlagenen Zustand wie einen alten Freund zur Seite. Aufgeregt zupfte er an meinem Ärmel und deutete immer wieder auf die belegten Brötchen, die er und seine Crew in das gleißende Licht der heißen Deckenlampe gestellt hatten, wo aus ihnen der letzte Rest Herzhaftigkeit herausgebruzzelt wurde.

»Hast du gesehen, Herr Andrees. Is sich Brötchen richtig so?«

»Perfekt!«, lobte ich und freute mich an seinem einsetzenden Strahlen. »Besonders die mehligen Auskreidungen an den Brötchenrändern, die schon äußerlich vom zwiebackartigen Zustand künden. Mein lieber Herr Bojo, ich bin sprachlos!«

Bojo grinste jetzt über sein ganzes, breitwangiges Gesicht. »Einfach Bojo bitte fur Sie, Herr Andrees. Und ist, weil ich hab Brotche gekauft als Feierabendtute bei Backer. Und das vor drei Tage!«

»Ah, eine Feierabendtüte … Das war wirklich 1A-Arbeit! Ich heiße übrigens Cord.«

Wir nickten uns freundlich zu und ich genoss das angenehme Gefühl, mich einem Profi anvertraut zu haben. Von meiner Mutter konnte man das heute ganz und gar nicht sagen. Im Kreise ihrer Familie und gerade jetzt, nachdem alle im Zusammenhang mit der Beerdigung auf ihr lastenden Pflichten erledigt waren, brach es aus ihr heraus. Sie weinte und entzog sich allen Trostes, egal durch wen. Auch meine Bemühungen, sie in den Arm zu nehmen, wehrte sie ab. Plattitüden wie »Morgen sieht die Welt schon anders aus« oder »Das schaffen wir schon zusammen« konnten sie nicht beruhigen. Sie stieß mich weg wie alle anderen und herrschte uns an, dass ihr Leben zu Ende wäre und ich nicht nachempfinden könne, wie es ihr ginge. Bei aller gebotenen Nachsicht fand ich das etwas selbstsüchtig.

»Ich finde nicht, dass du so etwas sagen kannst. Immerhin habe ich gerade meinen Vater verloren!«

»Das hast du nicht. Ganz und gar nicht. Deinen Stiefvater vielleicht, aber nicht deinen Vater!«, schmetterte sie mir zornig entgegen. Erst jetzt bemerkte ich ihre Alkoholfahne und vermutete, dass sie, die eigentlich nie Alkohol trank, sich heute einen größeren Mutmacher gegönnt hatte. Langsam und nach Abarbeitung dieses Zwischengedankens kam mir die Bedeutung des Gesagten in den Sinn. Ich war damit deutlich langsamer als der Rest der Beerdigungstruppe, die mich mucksmäuschenstill anstarrte.

»Was zum Teufel meinst du damit?«, schrie ich in der gleichen Lautstärke zurück und sah, wie Mutter schlagartig klar und beherrscht wurde. Sie richtete sich auf und wischte sich mit dem linken Handrücken über die Augen, bevor sie mich mit wiedergewonnener Ruhe fixierte.

»Nichts, Junge. Gar nichts. Es tut mir leid, dass ich solchen Unsinn rede. Aber ich bin heute nicht ich selbst.« Sie nahm mich in den Arm und drückte mich, bevor ich mich aus ihrer Umklammerung befreien konnte.

»So etwas sagt man nicht einfach so. Ich will wissen, was du damit gemeint hast!«

»Nicht jetzt, Cord. Nicht jetzt.«

Ich zögerte einen Moment, weil mir bewusst wurde, dass es immer noch galt, eine Beerdigung würdevoll zu Ende zu bringen, und ich meine Mutter in so einer Situation nicht einfach bei den Schultern packen und kräftig schütteln konnte, auch wenn mir danach war. Ich riss mich zusammen und fragte mit genauso scharf wie leise gesprochenen Worten: »Wann denn, Mutter? Ich meine, wann, wenn nicht jetzt. In einer Stunde? Morgen?«

»Wenn mir danach ist. Und wenn die Zeit dafür reif ist!«

Würdevoll wie eine Königin drehte sie sich um, setzte ein für alle erkennbar künstliches Lächeln auf und stürzte sich auf ihre Gäste. Meine Gelegenheit war verpasst, was auch immer das für eine Gelegenheit gewesen sein mochte. Im Prinzip war es ja ganz einfach. Mein Vater war nicht mein Vater, zumindest nicht mein leiblicher. Aber ganz so einfach ging es nicht, ergaben sich dadurch doch unendlich viele neue Fragen. Zum Beispiel, wer mein leiblicher Vater war, warum er uns verlassen und ich ihn nie kennengelernt hatte, warum Mutter daraus ein Geheimnis machte und ob zumindest sie auch wirklich meine Mutter war.

Ich würde sie nicht so einfach davonkommen lassen. Die Sache schrie nach Aufklärung. Ich suchte Hakan in der Menge der Trauergäste. Er, der meinen Vater – Stiefvater? –einmal auf einer unserer Familien-Sommerfeiern kennengelernt hatte, war mir zuliebe hier. Als unser Blick sich über die Festtafel mit dem Brötchendebakel traf, hob er abwehrend die Hände und bedeutete mir seine Ratlosigkeit. Dann zeigte er auf sich, danach auf meine Mutter, nickte mir aufmunternd zu und machte sich auf den Weg zu ihr. Ich verstand die Geste so, als wolle er mir signalisieren, die Angelegenheit in seine Hand zu nehmen, und es war klar, dass das keine gute Idee war. Aber zwischen mir und ihm lag diese unüberwindbare Mauer aus Brötchenbriketts und meine zurückrudernden Armbewegungen verstand er falsch und quittierte sie mit nach oben gerecktem Daumen.

Ich sah, wie er im Vorbeigehen den Stuhl der zweiundachtzigjährigen Tante Lena griff, die sich gerade etwas aufgerichtet hatte, um besser an die Brötchen zu kommen, und sich dann lässig neben Mutter setzte. Das konnte nicht gutgehen, zumal für Tante Lena, aber Kollateralschäden muss einrechnen, wer Hakan einlädt.

Der wiederum lehnte sich zufrieden in seinem Stuhl zurück und guckte Mutter direkt in die Augen. Er war einer der wenigen, die das, ohne zu zucken, tun konnten.

»Aus Sicht des Psychologen denke ich, Frau Andreesen, dass es für die Gesundheit Ihres Sohnes hilfreich wäre, Gewissheit über seinen wahren

Vater zu haben.«

Mama sah ihn geringschätzig an und schüttelte dann den Kopf. »Wir kennen uns ja nun auch schon ein wenig, Herr Hakan, nicht wahr?«

»Herr Yüziak, Frau Andreesen, oder einfach Hakan.«

Abermals setzte Mama ihren gefürchteten Blick voller Skepsis ein, mit dem sie ihr Gegenüber bewusst verunsicherte. »Nun ja, Hakan, wir kennen uns bereits ein bisschen, wo sie ja seit geraumer Zeit der beste Freund meines Sohnes sind.«

Hakan sah gebannt zu ihr hinüber, sah, wie sie sich Zeit ließ, dass Nächste zu sagen und scheinbar mit sich rang, auch wenn die nachfolgende Beleidigung bereits so feststand wie der Führerbunker.

»Na gut, worauf ich hinauswill, ist, dass ich Sie für einen inkompetenten Irren halte und mir Ihre Meinung denkbar egal ist. Und soweit es die psychische Verfassung meines Sohnes betrifft, frage ich mich sowieso schon lange, welche Medikamente ich in seiner Kindheit hätte ausprobieren müssen, um seinen aktuellen Geisteszustand verhindert zu haben. Ich denke nur an das bekloppte Camp der freien Liebe (www.camp-der-freien-liebe.de), mit dem er sein Erbe durchzubringen versuchte, oder daran, dass er Physik studiert hat, um dann Zuhälter und Immobilienmakler zu werden.«

»Das ist …«

»… schlimm, ich weiß. Und genau deshalb glaube ich nicht, dass ich noch mehr Irrsinn in sein Leben bringe und es lieber bei dem einen Vater belassen werde. Also dem einen, den er heute beerdigt hat.«

»Haben Sie einmal darüber nachgedacht, dass Cords Merkwürdigkeiten gerade daher stammen könnten, dass er seinen Vater nicht kennt? Dass er genau deshalb die Dinge nicht zu Ende bringt, weil sein ganzes Aufwachsen mit diesem einen offenen Punkt verbunden ist? Einer Ahnung, einer Ungewissheit, die sich heute offenbart hat. Die Sie offenbart haben und die Sie jetzt nicht vollends aufklären wollen.«

»Unfug. Cords Vater ist tot. So oder so. Entweder ist er letzte Woche gestorben und wurde heute beerdigt oder er starb bereits vor über dreißig Jahren, als er seine Familie verließ. Wo ist der Unterschied? Tot ist tot!«

»Sie sollten nicht alles schwarz oder weiß sehen. Es gibt auch Zwischentöne, die …«

»So wie ihr Hemd?«, fiel sie ihm dankbar für die Vorlage ins Wort. »Grelles Pink, dass selbst Siegfried & Roy tuntig gefunden hätten? Ist das so ein Zwischenton, auf den ich achten soll?«

Hakan blieb cool, wie immer. Beleidigungen perlten an ihm ab als wäre seine Oberfläche nanoversiegelt.

»Nicht unbedingt. Mir würde schon reichen,

wenn sie ein graubraun oder grün-beige zuließen. Und übrigens finde ich Siegfried & Roy ganz prima. Also zumindest fand ich sie prima, bis Roy beschloß, seine Karriere im Tierfutterbusiness fortzusetzen.«

»Puh, sie sind aber böse, Hakan!«, erwiderte Mutter zum ersten Mal an diesem Tag lächelnd.

»Nicht halb so böse wie eine Mutter, die ihren Sohn im Ungewissen über seine Herkunft lässt, nachdem sie dieses Fass einmal geöffnet hat …«

Mutter zögerte nur eine Sekunde, bevor sie wieder in ihren professionellen Singsang verfiel. »Nun, mein lieber Hakan, ich denke, dass wir den heutigen Tage nicht mit so schwerem Gepäck bewältigen sollten, oder? Sie sind mir nicht so unsympathisch, wie es Ihnen aufgrund meiner heutigen Taktlosigkeit erscheinen mag. Und für meinen Jungen will ich nichts anderes als jede Mutter: das Beste. Ich schlage vor, dass wir uns in der nächsten Woche bei mir treffen und die Dinge, sagen wir, vorbesprechen. Vielleicht kann ich dann auch auf ihre Hilfe bei der Bewältigung des Ganzen hier zählen?«, womit sie auf die Szenerie vor ihr wies und eindeutig mehr als das heutige Begräbnis meinte.

»Ich stehe selbstverständlich gerne zu Ihrer Verfügung«, verabschiedete sich Hakan von meiner Mutter und vergaß nicht, einen festen Termin mit ihr zu verabreden. Schöner Mist, oder?

Nur wenige sehen, dass Dulden geduldig macht (Gaddafis Anwalt gehört nicht dazu)

Roy Yates starrte angewidert auf sein Mobiltelefon, so als könnte es etwas für den Inhalt der letzten beiden Gespräche, die mit ihm geführt wurden..

Das erste der Gespräche, die für seine momentane Laune verantwortlich waren, war ein Anruf seines Barkassenführers, der wegen eines Motorstillstandes um Abbergung von sich, seiner Hilfskraft und fünfundzwanzig an Bord befindlichen Passagieren bat. Unnötig zu erwähnen, dass der mögliche Ersatz in Gestalt von Yates eigenem Minitrawler nicht in der Lage war, eine solche Anzahl an Personen aufzunehmen. Erst recht nicht, weil er sich immer noch in Reparatur befand, wo der Rumpf- und Schraubenschaden behoben wurde, den er bei meiner Strandung vor Felixstowe erlitten hatte.

Jetzt blieb Yates nichts anderes übrig, als das Zodiac-Schlauchboot loszuschicken, um die verwöhnten Öko-Aktivisten, die einen sündteuren Aufenthalt im modernen Ökocamp gebucht hatten, nach Sealand bringen zu lassen. Seiner Erfahrung nach neigten gerade die Verzicht predigenden Gutmenschen zu größtmöglichem Anspruchsdenken und würden sicher topp gelaunt auf der Plattform ankommen. Wenn sie denn überhaupt heil ankommen würden auf einem Schlauchboot, das bestimmt vier bis fünf Mal hin- und herfahren musste, um alle Passagiere der Barkasse abzubergen. Wie man dabei die jeweils zurückgebliebenen Gäste beruhigen sollte, war das nächste Problem, wo sich doch gerade in Notsituationen jeder selbst der Nächste wäre. Und auch wenn der Wechsel von einer, zugegeben, führungslosen, Luxusbarkasse in ein wackliges Schlauchboot wenig verlockend war, würde es bestimmt zu einem Gerangel um die Plätze kommen, dachte Yates übellaunig.

Im Kleinstaate Sealand war zwischenzeitlich einiges passiert. Roy Yates und sein Anwalt, der verschlagene Hermann Füth, hatten Waffenstillstand geschlossen und sich sogar zu Partnern erklärt. Yates durfte seitdem wieder als Fürst von Sealand fungieren und seinen Plan ausführen, Sealand zum Mekka des Ökotourismus zu machen. Die weniger gute Nachricht war, dass Füth nicht das schlechte Gewissen zu dieser großen Geste trieb, sondern wirtschaftliche Not. Schließlich hatte er das Lebenswerk des Roy Yates mittlerweile fast in den Bankrott gewirtschaftet.

Ökotourismus, wie von Yates vorgesehen, setzt aber das Vorhandensein einer bestimmten Infrastruktur voraus, die nicht nur aus *Atomkraft-Nein-*

Danke-Aufklebern besteht. Regenerative Energie-erzeugung statt dieselgetriebener Generatoren, Regenwasseraufbereitung, solarthermische Warmwassererzeugung, Wärmerückgewinnung und allgergieunverdächtige Baustoffe für die Unterkünfte waren für das Konzept schlichte Notwendigkeit, erforderten aber Investitionen in irrwitziger Höhe. Vom Shuttleboot, der gerade gesunkenen Solar-Barkasse, einmal ganz abgesehen.

Aber Yates wäre nicht der Mann, der er war, hätte ihn so etwas davon abgehalten, den einmal beschlossenen Plan auch in die Tat umzusetzen. Grimmig entschlossen machte er sich auf die Suche nach Inverstoren und es kann nicht verwundern, dass er damit an Leuten hängen blieb, die es an grimmiger Entschlossenheit mit ihm aufnehmen konnten. Wie der Zufall es wollte, hatte zu dieser Zeit der libysche Diktator Muammar al-Gaddafi beschlossen, seine politische Isolation zu beenden und sein Comeback auf der öffentlichen Show-Bühne zu suchen. Aus gegebenem Anlass war er daran interessiert, seine Medienpräsenz aufzuwerten. Als Terroristen kannte ihn die Welt ja bereits besser, als ihr lieb war, aber vom künftigen Image eines Umwelt*kriegers* erhoffte Gaddafi sich deutlich mehr Anerkennung. Ein begrenztes, finanziell kalkulierbares Risiko mit garantierter Medienwirkung passte genau in die Linie seines politischen Beraterstabes, der wiederum lokale Verantwortliche für dieses Vorhaben in alle wichtigen Industrieländer aussendete.

Der für Ostengland zuständige PR-Mann Gaddafis, Rachid Hasdari, hatte ein BBC-Radiointerview mit dem Fürsten Sealands deshalb besonders interessiert verfolgt. Ein Interview, in dessen Verlauf Roy Yates unentwegt für sein neues, grünes Projekt auf dem ehemaligen Geschützturm warb. Hasdari war ehemaliger Elitesoldat, Immobilienberater und Betreiber einer Partnervermittlung, bevor er sich in die Dienste seines entfernten Cousins, des libyschen Staatsführers, aufnehmen ließ. Eine Woche nachdem das Interview ausgestrahlt worden war, hatte er sich im Küstenörtchen Felixstowe eingefunden und die folgenden Tage und Abende in Yates Lieblingspub verbracht, dem hiesigen *King's Head*, voll der Hoffnung, dass Yates endlich zu einem seiner angeblich zahlreichen Festlandsbesuche erscheine. Und das, möglichst bevor sich Hasdaris Leber vollends verflüchtigt hätte.

Und richtig, am Ende der besagten Woche hatte Yates mal wieder der Plattformkoller übermannt und ihn mit seinem Schlauchboot zum Festland getrieben, wo sein erster Weg, wie üblich, in den Pub führte. Rachid Hasdari war zu diesem Zeitpunkt schon mehr als angeschlagen von all dem Bier und kumpelhaften Geschwätz, das er in den letzten Tagen über sich hatte ergehen lassen müssen auf der Suche nach dem verrückten Fürsten von Sealand. So angeschlagen, dass er nicht einmal dann einen Rückzieher machte, als Yates seinen *ausgeklügelten* Businessplan zum Gegenstand der Verhandlungen machte, nachdem man sich gegenseitig vorgestellt hatte. Einen Plan, den er handschriftlich auf eine dunkelrote Papierserviette geschmiert hatte. So wie es aussah, nachdem die Serviette benutzt worden war. Wie es bei noch schärferer Prüfung aussah, nachdem die Serviette benutzt worden war, um die Spuren einer fett gebratenen Rippchen-Orgie zu beseitigen.

»Cool, Roy«, laberte der betrunkene Rachid Hasdari. »Sieht okay aus. Aber stimmen die Zahlen? Ich meine, die am Ende stehende Summe sieht irgendwie viel größer aus als die Einzelzahlen.«

»Stimmt«, pflichtete der wesentlich besser an Alkoholkonsum gewöhnte Yates bei. »Das ist aber, streng genommen, auch das Wesen einer Summe.″

Er blickte in das ratlose Gesicht des Exil-Libyers und merkte, dass er nachsetzen musste.

»Es schiene doch weit weniger richtig, wenn die Summe kleiner wäre als einer ihrer Summanden. Deshalb und weil ich keinen Taschenrechner zu Hand hatte, als ich das vorhin auf der Toilette aufschrieb, hab ich einfach locker aufgerundet. Und als das komisch aussah, halt noch ein bisschen mehr … und so weiter.«

Hasdari starrte in sein Glas und nickte. »Ja, klar. Dann hat das natürlich seine Richtigkeit.″ Er nickte noch mal und wies dann auf den rotgelben Fleck in der Ecke der Serviette. »Und was soll das da sein? Hubschrauberlandeplatz?«

»Nein, Rachid. Das heißt McCafé und ist das Logo von den Typen, die mir die Serviette gegeben haben. Davon abgesehen haben wir auch schon einen Hubschrauberlandeplatz auf Sealand. Was fehlt, ist der Hubschrauber!«

Yates, zog die Serviette noch einmal zu sich heran und ergänzte die Aufstellung um einen deutlich sechsstelligen Betrag.

»So, das hätten wir. Der Hubschrauber war mir doch glatt durchgerutscht!«

Hasdari sah ihn gedankenverloren an. »Das macht keinen guten Eindruck, Roy, wenn dir solche Sachen *durchrutschen*. Ist ja nicht gerade eine Kleinigkeit, so ein Hubschrauber. Und *öko* ist das irgendwie auch nicht ...«

Yates schnippte mit den Fingern. »Hast Recht, Rachid, ein Hubschrauber ist wirklich nicht das Richtige. Auf der anderen Seite steht die Summe jetzt aber im Businessplan und rauslöschen geht nicht. Kompromissvorschlag: Lass uns für die Kohle eine richtig scharfe Solar-Barkasse kaufen, die die Gäste hin- und hershuttelt. Cool und öko-korrekt!«

Hasdari zeigte sich nicht überzeugt: »Die sind

doch gar nicht ausgereift. Und sind die überhaupt seetüchtig?«

»Was heißt nicht ausgereift? Gang und gäbe sind die! Spitzentechnik vom Feinsten. Dieselmotoren fallen vielleicht hin und wieder mit einem Schaden aus, aber eine Solarbarkasse? Nee, die läuft immer!«

Hasdari winkte ab. »Außer, wenn es regnet, aber wenn du dafür deinen Kopf hinhalten willst, bitteschön. Nur lass mich aus dem Spiel, wenn das Ding untergeht!«

Womit der Deal so gut wie besiegelt war. Zwei Wochen und einige Formalitäten später war die Angelegenheit endgültig in trockenen Tüchern und Yates begann, seine Pläne umzusetzen, wie man es von ihm erwarten durfte. Lautstark, verschwenderisch und orchestriert von einem übernatürlichen Medienecho. Alles lief gut, – ach was, hervorragend! –, bis zu dem Zeitpunkt, als auch die überreichlich bemessene, libysche Investitionsspritze zur Neige und die Solarbarkasse unterging.

Yates hatte ein selten unbehagliches Gefühl, als er seinen Finanzier anrief – es war das zweite Gespräch mit dem Mobiltelefon –, um ihm vom Unglück der Barkasse zu berichten.

»Ich weiß, warum du anrufst, Roy. Hab's gerade in den Nachrichten gesehen. Ich hätte nicht gedacht, dass das Scheißding so schnell absaufen würde. Sah aber cool aus«, hörte er Hasdaris kratzige Stimme durch den Hörer.

Yates sammelte sich. »Tolle Werbung für unser Projekt, ohne Frage. Vielleicht ein bisschen teuer, aber was ist schon Geld?«

»Genau, Roy. Und du nimmst jetzt einfach ein bisschen davon und kaufst uns eine neue Barkasse!«

»Toll, dass ihr Jungs das so lässig seht. Genau deswegen rufe ich ja auch an. Wenn ihr mir also noch ein bisschen Geld auf unser Projektkonto überweisen wür…«

»Tss, tss, tss, Roy«, unterbrach Hasdari beinahe flüsternd. »Was redest du da? Das ist nicht die Tageszeit für Witze, wenn du verstehst?!«

»Ich hatte es eigentlich nicht als Witz gemeint«, warf Yates gefasst ein.

»Oh?«, gab sich Hasdari überrascht. »Das hoffe ich aber doch, Roy!« Du erinnerst dich doch hoffentlich noch an unser erstes Gespräch? Ein Wunder, dass ICH mich noch daran erinnern kann, so betrunken, wie ich war. Du erinnerst dich?«

»Nicht an jede Einzelheit, Rachid. Das nicht. Vielleicht sagst du einfach, worauf du hinauswillst?!«

»Wir plauderten darüber, wer für die Barkasse den Kopf hinhalten soll, wenn es zu Störungen käme. Störungen, die ich – ohne besserwisserisch klingen zu wollen – genau vorhersah.«

Yates räusperte sich unbehaglich. »Kopf hinhalten ... Was man halt so sagt ...«

»In meinem und Cousin Gaddafis Kulturkreis, Roy, da sagt man nicht nur Kopf hinhalten, da meint man das auch so. Das solltest du wissen, bevor ich jetzt Muammar anrufe und ihm dein Anliegen vortrage. Das ist doch dein Wunsch, oder? Du willst mehr Geld von uns, um deinen Fehler ausbügeln zu lassen? Einen Fehler, für den du uns deinen Kopf angeboten hast.«

Yates schluckte schwer und verfiel dann in das Muster hysterierender Durchschnittszivilisten, das er eigentlich verabscheute. »Was sollen solche Drohungen, Rachid?! Immerhin leben wir in einem Rechtsstaat!«

Hasdari reagierte eiskalt. »Rechtsstaat? Ach ja? Meinst du damit dein Sealand oder unser Libyen? In jedem Fall kann ich mir kaum vorstellen, dass die zwischenstaatlichen Beziehungen zwischen unseren Ländern wegen etwas so Profanem wie einer gesunkenen Barkasse belastet werden sollten. Oder habt ihr schon mit der Mobilmachung begonnen, Roy?« Hasdari lachte selbstgefällig in den Hörer. »Haben du und dein Compagnon schon eure Taschenmesser aufgeklappt?«

»Du vergisst, mit wem du es zu tun hast. Ich bin Major der britischen ...«

»Das warst du vielleicht einmal«, unterbrach Hasdari rüde. »Jetzt und heute bist du ein abgehalfterter Staatenloser, der sich mit dem libyschen Regierungschef anlegt. Ich rate dir sehr und nur einmal: Bring das mit der Barkasse in Ordnung!«

»Ja, Sir, äh, your Highness, äh ...«, brachte Yates noch heraus, bevor ihm bewusst wurde, dass die Leitung längst unterbrochen war.

Das Buch der Liebe

Hakan und meine Mutter trafen sich, wie verabredet, in ihrer schmucken Stadtwohnung. Zusammen setzten sie sich auf den Balkon mit den filigranen schmiedeeisernen Verzierungen, der den Blick auf den grünen Innenhof des Hauses freigab und der, wenn auch nicht großzügig, so doch zumindest gemütlich wirkte. Hakan und Mutter saßen einander gegenüber und hielten Kaffetassen in den Händen. Mutter hatte ihr bestes Porzellan ausgepackt. Ein sicheres Zeichen für ihre Nervosität, doch das konnte Hakan nicht wissen. Na ja, vielleicht doch, denn schließlich war er Psychologe und sollte ein Gespür dafür haben.

»Frau Andreesen, ich weiß Sie sind eine gefasste und selbstbewusste Frau, wofür ich Sie immer schon bewundert habe.«

Mutter gab sich verblüfft. »Wir kennen uns doch kaum!«

»Stimmt, aber seit ich Sie kenne bewundere ich Sie.«

Mutter sah ihn misstrauisch an. »Da ich Sie bisher für ihre Offenheit geschätzt habe, muss ich davon ausgehen, dass Sie heute entweder ihre Schleimerseite entdeckt haben oder auf ältere Frauen stehen und sich an einer Anmache versuchen. In letzterem Fall möchte ich klarstellen, dass ich so kurz nach dem Tod meines Mannes kein Interesse an einer sexuellen Beziehung habe.«

Hakan zuckte genau so entsetzt zusammen, wie Mutter es beabsichtigt hatte.

»Aber nein, nein, das will ich keineswegs. Ich dachte nur, ich versuche eine höfliche Eröffnung, bevor ich Ihnen dann hart auf die Pelle rücke. Also im übertragenen Sinne auf die Pelle rücke und nicht im körperlichen, natürlich. In Sachen Cords Vater und so ...« Hakan merkte, dass er den Faden verlor. »Und verdammt nochmal werde ich mich nicht auf Ihre Spielchen einlassen und mich von ihnen manipulieren lassen! Was glauben Sie eigentlich? Ich bin Psychologe!«

Mutter lehnte sich in ihrem Stuhl zurück und lächelte Hakan offen an. »Gut. Wo wir das nun geklärt haben, können wir ja vielleicht zur Sache kommen und aufhören, um den heißen Brei herumzureden.«

»Das wäre mir recht, ja. Warum fangen wir nicht damit an, wer Cords Vater ist?«

Mutter übte weiter an ihrem süffisanten Lächeln. »Ach, Hakan, das ist ein bisschen zu plump. Etwas mehr Finesse hätte ich Ihnen schon zugetraut. Wenn ich also vorschlagen darf?«

»Ja, bitte, natürlich«, stimmte Hakan zu.

»Dann würde ich Ihnen gerne erklären, warum ich es für eine schlechte Idee halte, darüber zu reden bzw. daran überhaupt nur herumzurühren.«

Jetzt lehnte Hakan sich in seinem Stuhl zurück und forderte Mutter mit einer einladenden Bewegung seiner Kaffeehand zum Weiterreden auf. Dabei schwappte ein beträchtlicher Teil der Flüssigkeit in die Untertasse, was ihn zu einem ungeschickt wirkenden Rettungsversuch zwang. Die Karten für dieses Gespräch waren jetzt eindeutig verteilt. Mutter hatte die Hosen an und nicht vor, sie wieder auszuziehen.

Nachdem sie Hakans Ungeschicklichkeit mit einem herablassenden Blick quittiert hatte, fuhr sie fort: »Sie wissen vermutlich, dass die Zeit, in der mein geliebter Sohn geboren wurde, geprägt war vom Geist der Liebe und Toleranz wie in kaum einer Epoche davor oder danach. ›Love and Peace‹ waren das Motto und der Friede eine Folge der allumfassenden gegenseitigen Liebe, die wir einander entgegenbrachten und schuldig zu sein glaubten.«

Hakan nickte beflissen und hing an Mutters Lippen.

»Damals versuchten wir Grenzen zu überwinden. Grenzen, die zwischen uns standen und die wir mit Toleranz und Verständnis überwinden wollten. Ich glaube nicht, dass ich Ihnen das damalige Gefühl vermitteln kann. Genau genommen kann ich heute selbst kaum glauben, wie sehr wir damals auf die Kraft der Liebe vertrauten. Das ging so weit, dass wir bedenkenlos unsere Körper in den Dienst der Sache stellten und glaubten, damit Gutes zu tun.«

Mutter unterbrach ihren Vortrag, als sie merkte, sich in Rage geredet zu haben und fürchtete, damit die einmal zugewiesenen Gesprächsrollen wieder durcheinanderzubringen. Nachdem sie Luft geholt hatte, fuhr sie fort: »Was ich sagen will, Hakan: Damals waren andere Zeiten. Zeiten, die ihr euch heute nicht mehr vorstellen könnt!«

»Niemand kann sich in die genauen Lebensumstände einer anderen Generation hineinfühlen, Frau Andreesen. Das Einzige, was wir tun können, ist, nicht vorschnell zu urteilen. Und genau das verspreche ich Ihnen. Wenn ich Sie richtig verstehe, wollen Sie sagen, dass Sie in der Flower-Power-Zeit ein rattenscharfes Luder waren, oder?« Hakan grinste Mutter mit einem Lächeln an, das einen Gutteil seines Charmes ausmachte.

Mutter entspannte sich und strahlte Hakan zum ersten Mal wirklich an. »Ich sehe, Hakan, Sie haben zu Ihrer Offenheit zurückgefunden. Prima. Und ja, ich stimme Ihrem Urteil zu. Ich war damals jung, sah passabel aus, war neugierig und lebte in einer Zeit, die jungen Frauen meines Kalibers die Welt versprach. Und ja, ich nahm das Angebot an.«

»Wer einmal mit der Gleichen pennt, gehört schon zum Establishment«, zitierte Hakan eine der damaligen Redewendungen, die ihm genauso in

Erinnerung war, wie sie auch seine eigenen Lebensumstände beschrieb.

»Genau. Wir sagten allerdings: Schläfst du mal mit dem gleichen Mann, kannst du auch als Beamtin ran. Wir meinten damit natürlich dasselbe, fanden das aber frauengerechter.«

Hakan nickte wissend und ließ Mutter dann weiterreden, die jetzt den Mut gefasst hatte, auch den letzten Schritt zu gehen. »Auf jeden Fall war ich damals nicht nur mit einem Mann zusammen.«

»Sie meinen, in der Zeit, als Cord gezeugt wurde?«

»Volltreffer! Es gab damals nicht den EINEN Vater. Das wäre auch … wie soll ich sagen … reaktionär gewesen. Ich hatte damals einige Freunde.«

»Und Sie wissen nicht, wer davon als Vater in Frage kommt?«

»Nicht genau, nein.«

»Was allerdings nicht erklärt, warum Sie nicht versucht haben, es herauszufinden, oder warum Sie nicht zumindest Cord diese Suche ermöglichen.«

Mutter seufzte tief, weil das Gespräch jetzt an eine unangenehme Stelle gekommen war. Wie konnte sie einem quasi Fremden ihre damaligen Überlegungen verständlich machen. So verständlich, dass der sie wiederum ihrem Sohn so weitergeben würde, dass es nicht zu einem Bruch zwischen ihnen käme.

»Es ist wahrscheinlich schwer für Sie zu verstehen, aber bei aller zur Schau gestellten Offenheit und Verbundenheit mit den Idealen meiner Zeit war ich doch immer auch die Tochter eines bürgerlichen Elternhauses. Mein Vater war Postbeamter, wie Sie vielleicht wissen. Und ich stand da und rebellierte gegen die Angepasstheit, für die meine Eltern und deren Generation standen. Nur, dass ich gar nicht so anders war und sie mir eigentlich auch keinen Grund gaben, gegen sie zu rebellieren. Mein Auflehnen war also mehr dem damaligen Empfinden geschuldet, wie junge Leute funktionieren sollten, als einer echten inneren Haltung.«

Hakan sah Mutter interessiert an. »Sie waren also tief im Herzen eine Bürgerliche, die sich nur der Coolness halber in ein Hippiegewand gepresst hatte?«

Sie nickte wohlgefällig. »So könnte man es sagen, ja. Ich denke übrigens, dass es den meisten Mädchen meiner Zeit ähnlich ging. Und als ich dann schwanger war, da kam die ganze bürgerliche Bedenkenträgerei in mir hoch. Wie würden meine Freunde und die möglichen Väter reagieren, wenn ich ihnen eröffnete, schwanger zu sein, ohne zu wissen, wer von ihnen der Vater sei?«

»Das wäre wahrscheinlich nicht so gut angekommen.«

»Eben. Selbst in den damaligen Zeiten nicht. Es ist eine Sache, Freizügigkeit zu predigen, aber eine

vollkommen andere, diese auch als Lebenswahr-
heit zu akzeptieren, wenn es ernst wird. Ich hatte
schnell Zweifel, wie die möglichen Väter reagieren
würden, und mich dann – nennen Sie es Feigheit –
einfach dagegen entschieden, ihnen etwas zu sagen.«

»Das finde ich sehr nachvollziehbar, Frau Andreesen. Nichtsdestotrotz ist es für Ihren Sohn
ziemlich unfair, deshalb ohne Vater auskommen
zu müssen.«

»Ich weiß, das klingt ein wenig egoistisch«, gab
Mutter sich gerade so selbstkritisch, wie es ihr na-
turellbedingt möglich war.

Hakan sah ihr ruhig ins Gesicht und wartete.
Nach einer Weile forderte er sie mit einer Handbewegung zum Weitersprechen auf, was aber an
ihr abperlte. »Normalerweise leitet man so Sätze
ein, denen ein bedeutsames *aber* folgt. Ich darf
davon ausgehen, dass Sie noch ergänzen wollen?«

»Eigentlich nicht, nein. ›Es klingt ein wenig egoistisch‹ ist genau das, was ich sagen wollte.«

»Okay, aber das hilft Cord nicht weiter, wie ich
schon sagte. Jeder will wissen, wer seine Eltern
sind, und niemand steckt es einfach weg, seinen
Vater nicht zu kennen.«

Mutter runzelte die Stirn. »Aber Cord ist nicht
ohne Vater aufgewachsen. Cords Vater ist letzte
Woche gestorben. Ein Vater, der sich rührend um
seinen Jungen kümmerte und der ihn liebte, als

wäre es sein eigenes Kind gewesen. Nein, Cord hat nichts missen müssen und sollte sich nicht dauernd beklagen. Ich finde, sein Leben – soweit es die Umstände betrifft, die er nicht selbst versaut hat – hat ihm wirklich alle Möglichkeiten eingeräumt, die ein junger Mann sich nur wünschen kann.«

Hakan überdachte das Gesagte sorgfältig, bevor er darauf einging. »Ich nehme an, das heißt, dass Sie mir nicht die Namen der in Frage kommenden Männer nennen wollen?«

»Natürlich nicht! Ich dachte, soweit wären wir schon gewesen. Nein, nein, ich habe Sie herkommen lassen und Ihnen von meinen damaligen Befindlichkeiten erzählt, damit Sie Cord klarmachen, dass er uns beiden keinen Gefallen damit tut, weiter in dieser Sache herumzuwühlen«, erläuterte Mutter ihre Absichten.

Hakan legte die Stirn in Falten und dachte über eine Erwiderung nach.

»Sie sind eine schlaue Frau, Frau Andreesen. Und insofern kann ich mir nicht vorstellen, dass Sie diese Möglichkeit ernsthaft in Betracht ziehen. Ihnen ist doch genauso klar wie mir, dass Cord es niemals dabei belassen wird, jetzt, wo der Zweifel gesät ist. Jeder Mensch will wissen, wo er herkommt und inwieweit sein Leben durch die Erbanlagen vorbestimmt ist. Und dazu gehört es, nicht nur seine Mutter zu kennen, sondern auch seinen Vater. Und am besten sogar noch deren jeweilige

Eltern. Niemals, Frau Andreesen, wird Cord sich mit einer solchen Plattitüde zufrieden geben, wie Sie sie mir eben aufgetischt haben. Es geht hier – mit Verlaub – auch nicht mehr um Ihre eigenen Befindlichkeiten, nicht mehr darum, was Sie einmal gedacht haben oder warum Sie so handelten, sondern darum, inwiefern Sie jetzt bereit sind, Cord bei der Suche nach seinem Vater zu unterstützen. Und wenn ich Sie richtig verstanden habe, lautete Ihre Antwort darauf: Gar nicht!«

Mutter räusperte sich erneut, schoss erst mit dem Oberkörper nach vorne, was normalerweise ihre nächste Attacke einleitete, und ließ sich dann wieder gegen ihre Stuhllehne sinken. Sie holte tief Luft, fasste sich dann an die Stirn und sprang von ihrem Stuhl auf. »Was bin ich doch für eine schlechte Gastgeberin?«, strahlte sie Hakan endlich an. »Habe ich doch glatt vergessen, Ihnen nachzuschenken.«

Ohne Rückfrage, ob Hakan das wünschte, entriss sie ihm seine Tasse aus der Hand und stürmte zur Tür. Im Türrahmen verharrte sie noch einmal und drehte sich zu ihm um. »Ich fürchte, ich muss einen neuen Kaffe aufsetzen und brauche ein paar Minuten dazu. Fühlen Sie sich inzwischen bitte wie zu Hause!«

***

Und nun, wenige Tage nach diesem denkwürdigen Treffen, saß ich auf Hakans Designersofa und hielt es in den Händen. Das Leben meiner Mutter – oder zumindest die Dokumentation desselben, die Hakan mitgebracht hatte. Na gut, die Dokumentation eines Teiles ihres Lebens, aber eines mir bisher unbekannten Teiles. Eines Lebensabschnittes voller Erwartung und - ja, nennen wir das Kind beim Namen - voller *Leidenschaft*. Mama war jung, unerfahren und, wenn ich Hakans Andeutung ernst nahm, wild entschlossen, genau das zu ändern.

»Du hast Mamas Tagebuch geklaut! Ich meine, ich kann nicht glauben, dass du das getan hast. Ein geheimes Tagebuch! Vom Psychologen geklaut!!!«

Hakan räusperte sich unbehaglich. »Lag da ja einfach so herum. Das war doch wie eine Aufforderung!«

»Wenn ich dich richtig verstanden habe, hast du es aus einer Schublade in Mamas Wohnzimmerschrank genommen?«

»Ja, aber da lag es quasi unverborgen. Fast obenauf in der mittleren Schublade. Sie hatte nur einen Seidenschal oder so daraufgelegt. Das ist doch wie ein Aufruf, wie eine stille Bitte, endlich mit der Geheimniskrämerei aufhören zu können. Ein kalkuliertes Risiko mit erwartetem Schadenseintritt, sozusagen.«

»Eine Schandtat, für die dir jeder halbwegs

kompetente Großwesir die Hände abschlagen würde. Und völlig zu Recht, wenn du mich fragst.«

Hakan sah mich fragend an. »Du willst also nicht reinschauen?!«

Ich sah erneut auf das Buch. Dunkel verfärbtes, Leder. Speckig und abgegriffen vom vielen Gebrauch. Und seltsam schwer war es auch. Unzeitgemäß und ungewöhnlich auch in seinem übergroßen Format, das mehr an das Handelsbuch eines frühen Kaufmannes erinnerte als an ein Tagebuch, das einen bequem begleitet, wohin man auch geht. »Das hab ich nicht gesagt. Jetzt, wo das Tagebuch schon einmal da ist, sollte ich auch hineinsehen. Ist es denn aus der richtigen Zeit?«

»Tja«, sagte er triumphierend. »Das ist ja gerade das Besondere daran. Du bist ja jetzt bald Mitte dreißig, nicht wahr? Und das Tagebuch, übrigens das einzige Tagebuch von deiner Mutter, das ich finden konnte, stammt tatsächlich aus genau dieser Zeit. Also plus oder minus einem Jahr, würde ich sagen. Irre oder? Sie wollte, dass du es liest und alles erfährst!«

»Warum hat sie dann nicht einfach mit mir darüber gesprochen?«

Hakan zuckte die Schultern und vertiefte sich in das Buch.

»Oh, hier steht etwas Interessantes. Warte mal: *Hat sich zwar wirklich angestrengt, war aber – gemes-*

sen an dem, was Lilly und Elisabeth über ihn gesagt hatten – eine Enttäuschung, steht da. Das muss er sein!« Hakan war mit einem Mal ganz aufgeregt.

»Wie kommst du darauf?«

»Na ja, der Apfel fällt nicht weit vom Stamm, oder?«

»Was?!«, schrie ich empört.

»Na, nach allem, was ich von Sylvia gehört habe, war das zwischen euch beiden ja auch nicht so berühmt …«

»Du hast mit meiner Nahezu-Exfrau Sylvia über unser Sexualleben gesprochen?«

»Logisch, sie war doch kurz bei mir in Behandlung. Na ja, nicht so richtig. Aber immerhin ist sie ja auch eine Freundin von mir, unabhängig davon, wie die Sache zwischen euch ausgegangen ist. Und da redet man halt so von Freund zu Freundin.«

Es erstaunte mich nicht, dass Sylvia kein gutes Haar an mir gelassen hatte. Zumal wenn man bedenkt, dass sie einiges an Schuldgefühlen aufzuarbeiten hatte, nachdem sie mich mit dem spanischen Liebhaber ihrer Mutter betrogen und damit zur Trennung getrieben hatte. Zugegeben, das passierte im vom mir mit gegründeten Camp der Liebe, wo man ihr durchaus zugestehen konnte, von einem freizügigeren Moralkodex ausgehen zu dürfen. Auf der anderen Seite waren wir uns aber auch darin einig gewesen, mit dem Camp eigentlich nur eine selbstbestimmte Alternativgemeinde gründen zu wollen und selbst keinesfalls freie Liebe zu praktizieren. Dachte ich jedenfalls. Doch was weiß ich heute noch von den damaligen Absichten. Und was wusste ich davon, warum meine gewesene Ehefrau schlecht von mir sprach. Vielleicht meinte sie das ja ernst, wenn sie meine Fähigkeiten als Liebhaber kritisierte.

Hakan wiederum hatte Recht, dass ich ihm weder damals noch heute den Umgang mit Sylvia verboten hatte, war ich doch früher geradezu froh darüber gewesen, wie gut sich die beiden verstanden. Trotzdem war das ein Tiefschlag für mich.

»Und habt ihr sonst noch etwas reden können oder wart ihr zu beschäftigt dafür?«, fragte ich beleidigt und war gleichzeitig bestürzt darüber, wie eifersüchtig ich mich anhörte.

»Ach, komm schon Cord, ich fang doch nichts mit Sylvia an, der Exfrau meines besten Freundes. Für wen hältst du mich?«

Misstrauisch sah ich in sein um Aufrichtigkeit ringendes Gesicht. »Du meinst, sie hat dich abblitzen lassen?«

Hakan gab sich zerknirscht. »Kann man so sagen, ja. Lag aber nicht an mir«. »Sie sagt, sie wäre noch nicht über eure Trennung hinweg und bräuchte Zeit dafür.«

»Ha!«, reagierte ich begeistert. »Und das, wo ich doch angeblich so ein Pfuscher im Bett gewesen sein soll?«

»Du solltest dich da nicht so reinsteigern«, versuchte mich Hakan zu beruhigen. »Es geht ja jetzt auch mehr um die Suche nach deinem Vater, wenn du dich erinnerst. Ich fand nur, dass es da eine Übereinstimmung geben könnte, die …«

»Keine Übereinstimmung! Kein Stück! Und jetzt gib mir endlich das blöde Buch her!« Ich las die Stelle, die Hakan aufgeschlagen hatte:

Franks Hände sind viel zu groß, als dass sie zu ihm passten. Das sieht richtig ulkig aus. Trotzdem fand ich sie hübsch, mit den hellen Härchen auf dem Handrücken. Die würden mich bestimmt ganz schön kitzeln, hab ich kindisches Ding gedacht. Am Ende haben sie mich gar nicht gekitzelt. Auch das andere nicht. Und dann war es auch schon vorbei, bevor ich mich überhaupt richtig ausgezogen hatte. Er hat sich zwar wirklich angestrengt, war aber – gemessen an dem, was Lilly und Elisabeth über ihn gesagt hatten – eine Enttäuschung. Ich glaube sogar, er merkte das selbst und wurde deswegen so traurig, dass ich ihn richtig trösten musste. Liebes Tagebuch, ich finde es super spannend, dir etwas so Erwachsenes erzählen zu können. Ich hab's gemacht und fand's blöd! Heissa!

Mir zitterten die Hände. Das sollte Mama geschrieben haben? Es ist ein Unterschied, unterschwellig zu wissen, dass die Mutter genauso ein Mensch ist wie andere auch oder den Beweis dafür vorgelegt zu bekommen. Natürlich war Mama keine Heilige, und natürlich war auch sie einmal neugierig und naiv gewesen. Vielleicht war sie es sogar immer noch und ich würde eines Tages ihr nächstes Tagebuch in Händen halten, wo sie mich an ihrem Liebesleben im Alter teilhaben lassen würde. Auch sie hatte zwischenzeitlich gelernt, sich den Erwartungen anzupassen und nicht umgekehrt, und deshalb konnte mein Bild von ihr unmöglich der damaligen Realität entsprechen. Ich nahm mir vor, mich auf die Aufgabe, meinen Vater zu finden, zu konzentrieren und alles andere auszublenden, damit meine Welt nicht gänzlich aus den Fugen geriet. Ich wollte meinen Vater finden. Meinen leiblichen Vater und nicht meine Mutter neu interpretieren. Die erste Sache würde schon schwierig genug werden.

»Okay, Hakan, wir machen es folgendermaßen. Du schreibst alle Informationen zu den in Frage kommenden Männern aus dem Tagebuch auf und ich kümmere mich darum, sie aufzuspüren. So muss ich nicht das Buch meiner Mutter lesen und mich noch schlechter fühlen, als ich das sowieso schon tue, seit wir das blöde Ding geklaut haben.«

Hakan nickte lässig. »Brauchst kein schlechtes Gewissen zu haben, hab ich doch schon gesagt. Sie wollte das so, glaub mir!«

Vielleicht hatte er Recht. Und wenn nicht, dann war es doch tröstlich, dass es zumindest so sein könnte. Tröstlich auch deshalb, weil ich es meiner Mutter nicht verzeihen könnte, meinen Wunsch, wissen zu wollen, wo ich herkam, zu ignorieren. So konnte ich mir sagen, dass Mutter mich – wie immer – unterstützte, wenn auch widerwillig. Ich wartete also auf Hakans Zusammenstellung, die Liste und wusste auch schon, was ich damit anfangen würde.

Fehlt der Eifer, schwindet die Weisheit.

Der Empfang bei Kommissar Stanitzki fiel frostig aus. Natürlich kann man nicht einfach in ein Polizeikommissariat gehen und in den Gängen herumfragen. Ich musste mich unten am gesicherten Zentralempfang anmelden. Von dort aus telefonierte der nette Herr, den ich dort vorfand, mehrfach mit Stanitzki und teilte den Namen seines ungebetenen Besuchers mit. Meinen. Und jedes Mal blieb ihm danach nur, mir mitzuteilen, dass der Kommissar keine Zeit für mich hatte und ich morgen wiederkommen solle. Ich lehnte ab, wartete und fragte dreißig Minuten später erneut nach. Der nette Pförtner versuchte es dann wieder bei Stanitzki, holte sich die nächste Abfuhr ab und entschuldigte sich aufs Neue bei mir.

Nach der dritten Runde fragte ich ihn, ob er wirklich glaube, dass Stanitzki zu viel zu tun hätte, worauf er eine Lachattacke bekam. »Ach wissen Sie, Herr Andreesen, hier arbeitet sich niemand kaputt. Und Stanitzki gehört noch zu denjenigen, die sich gesund arbeiten, wenn sie verstehen, was ich meine.«

Tat ich nicht, war aber auch egal. Ich würde hartnäckig bleiben und notfalls bis Dienstschluss warten. Beim vierten Versuch hatten wir Stanitzki weichgekocht und er gewährte mir die erwünschte Audienz.

Ich war vorher noch nie in einem Kommissariat, auch nicht bei meinen früheren Begegnungen mit Stanitzki, und jetzt sah es für mich eigentlich nicht anders aus als jedes andere Bürohaus, mit seinen nüchternen Gängen, die nur am jeweiligen Ende Fenster hatten und sonst ausschließlich mit künstlichem Licht beleuchtet wurden. In jedem Gang gab es ein paar Stühle, die direkt an der Wand standen und überwiegend leer waren. Die wenigen, bei denen das nicht so war, waren von Kundschaft besetzt, die auf die Aufnahme ihrer Zeugenaussagen oder Vernehmungen warteten. In Stanitzkis Gang ging es äußerst ruhig zu. So ruhig, dass mir das leise Knirschen meiner Sohlen auf dem Kunstholz-Fußboden bewusst wurde, während ich sorgfältig einen Fuß vor den anderen setzte und auf aufwendiges Abrollen verzichtete. Endlich war ich an die vom Pförtner genannte Zimmernummer gekommen und staunte volle zwei Minuten über die in nüchterner Sprache gehaltene Zimmerbeschreibung:

Hauptkommissar Stanitzki, Referat für Anerkennungen und Beschwerden

Hätte ich den Kommissar und seine Fähigkeiten

nicht gekannt, wäre genau das der Zeitpunkt gewesen, alle Hoffnung auf Hilfe fahren zu lassen. Was sollte so ein Typ schon ausrichten, um aus einer Liste mit mehr oder weniger groben Hinweisen die zugehörigen Personen zu finden. Ein Typ, der es zwar in den Rang eines Hauptkommissars geschafft hatte, dann aber in ein Faschingsreferat abgeschoben wurde, wo man diejenigen parkt, die in freier Wildbahn zu viel Schaden anrichteten. Zum Glück wusste ich aus früheren Begegnungen, dass Stanitzki nicht nur schlecht gelaunt, zynisch und bieder war, sondern auch einen versteckten Humor besaß und ein guter Polizist war.

Ich holte tief Luft, öffnete die Tür und setzte mich auf sein beiläufiges Handzeichen hin auf den Besucherstuhl. Nach einer Minute perfekt inszenierter Krakelei in dem vor ihm liegenden Ordner sah der Kommissar zu mir auf und forderte mich zum Sprechen auf.

»Ich suche meinen Vater!«

Stanitzki lehnte sich süffisant grinsend gegen seine Stuhllehne zurück. »Schon Mal im Tiergehege probiert? Da, wo Wildschweine dransteht?«

»Ich hätte nicht gedacht, dass Sie witzig sind«, ätzte ich und erntete ein arrogantes Grinsen. »Und wie man sieht, habe ich Recht behalten.«

»Was wollen Sie?«, bemühte sich Stanitzki, gleich zum Punkt zu kommen und das Gespräch so kurz wie möglich zu halten.

»Wie ich bereits sagte, suche ich meinen Vater, und ich habe da ein paar Hinweise zu Verdächtigen, die …«

»-Verdächtigen Vätern? Warum fragen sie nicht ihre Mutter?«

»Ja, ich suche nach Männern unter Vaterschaftsverdacht, genau«, gewöhnte ich mich unmittelbar an die Amtssprache. Sollten es am Ende die Gebäude sein, die einem zum Bürokraten werden ließen? »Aber meine Mutter kann ich nicht fragen, bzw. ich habe sie bereits gefragt, aber sie verweigert die Aussage.«

»Wenn ich das richtig verstehe, dann war Sie früher nicht ganz so standhaft wie heute.«

»Sie meinen, weil ich von mehreren Vaterschaftsaspiranten sprach?«

»Genau. Vielleicht sollten wir aber erst einmal klären, wie Sie auf die Idee kommen, ich würde ihnen helfen? Ich dachte, wir hätten damals, als sie das Camp der freien Liebe in die Luft jagten, geklärt, dass etwaige Ansprüche gegen mich abgegolten sind.«

Ich sah ihn ernst an. »Korrekt, und dazu stehe ich auch. Ich denke aber mehr an Ihren jüngsten Auftritt in Herrn Yüziaks psychologischer Praxis. Ich kann mir schwer vorstellen, dass Ihr dortiges Vorgehen durch eine Verwaltungsanordnung gedeckt war. Einfach eine Verrückte bei einem Psycho-Lehrling abgeben, ohne sich um sie weiter zu

kümmern, und das Ganze auch noch über Bundes-
ländergrenzen hinweg ...«

Stanitzki kniff seine Augen zu wütenden Schlit-
zen zusammen. Dann zog er ein Stofftaschentuch
aus seiner Hose, betrachtete es sorgfältig, schüttelte den Kopf und schniefte genussvoll hinein.

»Das sollten Sie nicht tun!«, wies ich ihn zurecht. »Da kommt jetzt Bakterie zu Bakterie und
das Ganze ist dann einem Biowaffentestlabor recht
nahe. Besser, Sie nehmen einfach Papiertaschentü-
cher und benutzen diese nur je einmal.«

Stanitzki sah interessiert hoch. »Wäre besser,
was, Schlaumeier? Wäre auch besser, Sie würden
sich nicht dauernd in meine Angelegenheiten ein-
mischen und meine Wege kreuzen. Tun Sie aber
trotzdem ungefragt und viel zu oft und so werde
ich mich wohl demnächst einmal ernsthaft um Sie
kümmern müssen!«

»Rückzugsgefecht eines Mannes, der auf verlo-
renem Posten steht?«, fragte ich hoffnungsvoll.

»Kann man so sagen, ja«, stimmte Stanitzki unerwartet ehrlich zu.

»Das heißt dann also, Sie sagen mir Ihre Unter-
stützung zu, lassen mich aber wissen, dass Sie das
eigentlich nicht müssten und Sie jederzeit willens
und in der Lage sind, mich fertigzumachen, wenn
ich Ihnen dumm kommen sollte?«

»Hätte ich nicht besser sagen können!«

»Dann, mein lieber Kommissar, können wir

vielleicht endlich zu dem Teil unseres Gespräches kommen, der mich interessiert. Ich habe hier eine Liste mit Namen, Kosenamen, früheren Wohnorten, individuellen Kennzeichen und so weiter von Männern, die meine Väter sein könnten.«

Stanitzki blinzelte mich anzüglich an. »Sie meinen, es handelt sich um mehr als ZWEI mögliche Väter?«

Ich gab mich nonchalant: »Genauso wenig, wie ich meinen Vater kenne, habe ich mir meine Mutter ausgesucht, Herr Kommissar. Dennoch liebe ich sie von ganzem Herzen und gerade dafür, dass sie vielleicht Fehler gemacht und Erfahrungen gesammelt hat. Im Leben kann man sich nun einmal entscheiden, etwas zu erleben oder Miniatureisenbahnen zu sammeln!«

Stanitzki zuckte bei der Erwähnung seines Hobbies und sank in seinem Stuhl zusammen.

»Werden Sie mir nun helfen oder führt mich mein nächster Weg zu ihrem Vorgesetzten?«

Stanitzki wurde noch kleiner und strich sich nervös über seinen Schnauzbart. »Wie ich bereits sagte, werde ich ihnen helfen. Allerdings nur, wenn sie keine kriminellen Dinge von mir erwarten. Ich bin Polizist von ganzem Herzen, auch wenn es für Sie nicht so aussehen mag. Und ich bin gut in dem, was ich tue!«

Nun war es an mir, von Tadel auf Lob umzuschwenken. Schließlich wollte ich nicht nur seine

Hilfe, sondern seinen ganzen Einsatz bei der Sache.

»Nicht nur gut, wie ich hörte. Der Beste sollen Sie sein!«

Damit übergab ich dem Kommissar meine Liste und wies mit dem Zeigefinger auf den ersten Eintrag. »Bitte fangen Sie mit dem da an. Hakan hat ihn *Durchhänger* genannt und alle vorhandenen Informationen dazugeschrieben.«

Stanitzki dachte einen Moment darüber nach. »Wenn er der *Durchhänger* genannt wird, dann dürfte er als Vater doch wohl kaum in Frage kommen? Ich meine, das ist ja wohl eine Anspielung auf sexuelles Versagen und da ist eine Vaterschaft doch schwer vorstellbar!«

»Kommissar«, sah ich in streng an. »Tun Sie einfach Ihre Arbeit und halten Sie sich mit Kommentaren zurück!«

»Sie sind der Boss!«, grinste mich der alte Haudegen an.

***

Es dauerte keine ganze Woche, da hatte Stanitzki die gewünschten Informationen zum ersten Kandidaten zusammengetragen. Und wie reagierte ich darauf? Ich bekam weiche Knie. Jetzt ging es ans Eingemachte, denn schließlich würde es mir, so ich meinen Vater wirklich fand, eine neue Identität verschaffen. Womöglich gar einen neuen Namen, wenn man es traditionell nahm. Es ging hier nicht um einen Höflichkeitsbesuch, den man im Leben so manches Mal durchziehen muß, ohne dass er in Erinnerung bliebe. Ich würde meinen Vater treffen, vielleicht heute, vielleicht später, und ich hatte feuchte Hände bei diesem Gedanken.

»Hab ihn!«, bellte Stanitzki mit vor Aufregung und Selbstzufriedenheit heiserer Stimme.

»Wie haben Sie denn das so schnell hingekriegt?«, schmeichelte ich seiner Selbstgefälligkeit.

Der Kommissar legte eine Kunstpause ein. »Tja, das war in der Tat nicht so einfach, Andreesen. Schließlich standen in Ihrer Liste ja kein Nachname, sondern nur der Vorname, der Wohnort und ein paar bedeutungslosere Merkmale wie seine Haarfarbe und der Hinweis auf die Narbe an der Oberlippe. Aber sei's drum, ich hab ihn. Ich hab mit den ehemaligen Klassenkameraden Ihrer Mutter begonnen und mit den Absolventen ihres Jahrganges an der Uni aufgehört und dabei sämtliche **Franks** unter die Lupe genommen. Zum Glück war der Vorname Frank damals noch nicht ganz so verbreitet, wie ein paar Jahre später, wo ich dann sicher die Hälfte aller männlichen Personen im Dunstkreis ihrer Mutter hätte besuchen müssen. Gefunden habe ich ihn aber über das Auto, das ihre Mutter als *Angebersportwagen* bezeichnete.

Frank Keiler war der einzige, der im fraglichen Zeitraum einen Wagen gefahren hatte, den man mit etwas Toleranz einen Sportwagen nennen kann. Es handelte sich um einen Karmann Ghia, ein Auto, das ich damals auch gerne gehabt hätte, mir aber nicht leisten konnte. Sie erinnern sich daran?«

»Tue ich, ja. Tolles Teil! Aber wie konnte sich ein Student so etwas leisten?«

»Das sollten Sie ihn selbst fragen, Herr Andreesen. Wir als Polizei wären nicht einmal daran interessiert, wenn es Drogengelder waren. Das wäre inzwischen nämlich längst verjährt, wenn Sie verstehen ...«

»Sie wollen meinen Vater doch wohl nicht einen Drogendealer nennen!?«, empörte ich mich mehr als notwendig.

»Aber, aber. Natürlich nicht. Auch wenn es naheliegend wäre, wenn ich Sie mir so ansehe und die Probleme, die Sie ständig verursachen: Der Apfel fällt nicht weit vom Stamm ...«

»Das habe ich jüngst schon einmal gehört«, pflichtete ich bei. »Von einem anderen unerträglichen Schwätzer, der aber zumindest mein Freund ist anders als Sie!«

Stanitzki lehnte sich beleidigt in seinem Stuhl zurück. »Schön, schön, bringen wir die Sache hinter uns. Glauben Sie mir, auch ich hoffe, dass wir gleich einen Volltreffer landen und ich Sie nicht wiedersehen muss. Insofern gebe ich Ihnen jetzt den Zettel mit dem Namen und der Anschrift und drücke ihnen die Daumen.«

Und so geschah es. *Frank Keiler* stand ganz oben auf dem Zettel. Und seine Adresse mit etwas Abstand darunter. Zum Glück lebte er immer noch in Hamburg. *Keiler*, meine Güte, was für ein Name! Meiner wäre dann Cord Keiler und das ginge fast schon wieder. Zumindest, wenn ich noch rund zwanzig Kilo zunähme und meinen Blutdruck so weit nach oben justierte, dass ich im Gesicht dunkelrote Flecken bekäme. Die Mitgliedschaft in einem Jagdclub wäre nötig und meinen Alkoholkonsum müsste ich noch erheblich hochfahren. Aber so weit waren wir noch nicht. Erst einmal musste Herr Keiler seine Vaterschaft unter Beweis stellen.

***

Wenn Sie gleich den Eindruck haben, ich würde nicht nur das Zusammentreffen mit meinem Vater hinauszögern, sondern bereits schon den Bericht darüber, so haben Sie absolut Recht. Ich brauche diese Atempause und weiche für eine kleine Weile auf ein völlig anderes Feld der Niederlage aus:

Habe ich Sie eigentlich schon über meine private Situation ins Bild gesetzt? Ich meine damit nicht unbedingt meine Arbeit oder meine Hobbies. Immerhin erzähle ich Ihnen schon so viel über mich und lasse dann den wichtigen Bereich meiner Liebesbeziehungen so vollkommen außer Acht. Wenn Sie meinen früheren Bericht um die Gründung des *Camps der Liebe* verfolgt haben, dann wissen Sie, dass ich verheiratet war es de facto sogar noch bin. Tatsächlich lebe ich in Trennung von meiner Noch-Ehefrau, Sylvia, die sich aus unserer Ehe in die Arme eines spanischen Tanzlehrers geflüchtet hatte mit dem sie nun Haus und Bett teilte. Mein Haus und mein Bett.

Es war damals ein Schock, sie in flagranti mit dem Kretin zu erwischen, dem spanischen Tanzlehrer, der seine Zunge auf besondere Weise einspeichelte, bevor er mit deutsch-spanischen Zischlauten sprach. Ein Arsch, wie er im Buche stünde, gäbe es das Buch der Vollärsche. Aber ich glaube, das hatte ich schon mal gesagt.

Das Ganze war natürlich hart und auch der Anlass für meine Flucht ins Ausland, die versuchte Rückeroberung der Mikronation Sealand mit meinem damaligen Partner Roy Yates und die anderen idiotischen Dinge, die dabei und danach passierten. Doch wenn ich ehrlich bin und den verletzten Stolz außen vor lasse, waren Sylvia und ich nicht das Traumpaar, für das ich uns ursprünglich gehalten hatte. Es gab gegenseitigen Respekt und ehrfurchtsvolle Bewunderung meinerseits für ihre Konsequenz und für die geschenkte Gabe ihres Aussehens. Aber es mangelte an innerer Harmonie, dem Kontemplativen, der Ruhe. Wir brauchten Projekte und kurzfristige Ziele, um unsere Begeisterungen zu vereinen und als Paar zu harmonieren. Erschwerend mussten diese Ziele an Größe und Bedeutung zunehmen, um uns zusammenzuhalten.

Und genau diesem Druck fühlte ich mich nicht gewachsen, dem Wissen um die notwendige Steigerung und das unvermeidliche Scheitern. Ein Gefühl, dass ich aus der Beziehung mit meiner vorherigen Freundin, Anke Buschkamp, nicht kannte. Doch dazu später mehr.

An dem Tag, von dem ich jetzt berichte, galt es zunächst Sylvia zu besuchen und die *Scheidungsfolgenvereinbarung* zu unterzeichnen, die ihr Anwalt aufgesetzt hatte. Ich fuhr deshalb zu meinem alten Haus, das nun von Sylvia und dem Schwachkopf bewohnt wurde. Klar, dass nicht Sylvia die Tür öffnete, sondern Juan. Etwas mehr Stil hätte ich mir schon gewünscht.

»Ah, mi distinguido amigo Cord!«, breitete Juan verschlagen die Arme aus.

»Ah, der speichelspuckende Tanzbär«, gab ich mich jovial und fiel in die Umarmung ein, die in einem recht brutalen Schulterklopfen endete.

»Ich wollte nicht, dass er dabei ist, Cord!«, drang von innen Sylvias Stimme zu uns. Juan sah mich hasserfüllt an und sprach geifernd: »Wir werde mache dir letzte Hemd weg!«

Ich versuchte gelassen zu bleiben. »Kann nicht sein. Das letzte Hemd hast schließlich du an«, womit ich sein schwarz-rot gestreiftes Seidenhemd abfällig musterte. »Das wirklich Allerletzte! Denn gäbe es irgendein anderes, ein Vorletztes sozusagen, eines ohne Knöpfe, durchgeschwitzt, zerrissen und verfärbt, ich denke, dann hättest du es genommen, statt diese Scheußlichkeit zu erdulden, in die dich pure Not gezwungen haben muss. Aber weißt du was?«, strahlte ich ihn unvermittelt an und sah, wie sein Blick misstrauisch wurde. »Vielleicht kann ich ja ein wenig nachbessern. Warte mal«, sagte ich, wobei ich sein Hemd aus der Hose zog und einen Knoten in den unteren Teil drehte, was einen überraschend schwabbeligen Bauch freigab.

»Viel besser«, schloss ich. »Wenn du jetzt vielleicht noch eine rote Rose quer in den Mund nähmest und …«

Juan schlug mir die Hand weg. »Du bisse tot, el Femenino!«, spie er wütend aus, wobei das beabsichtigte *bist* in *du bist tot* die gefürchtete Buchstabenkombination *st* enthielt. Ein Garant für jede Menge Speichelgischt.

»Lieber tot, als lebenslang ein Idiot sein!«

Endlich kam Sylvia an die Tür und wies Juan zurecht. »Ich hatte dir doch gesagt, du sollst dich zurückhalten, wenn du unbedingt dabeisein willst. Geh jetzt bitte in dein Zimmer und warte, bis ich mit Cord alles erledigt habe, Liebling!« Dabei tätschelte sie ihm den Arm wie einem aufsässigen Jungen und sah mich bei dem Wort *Liebling* provokant an.

»Und lass dein Spielzeug nicht wieder überall herumliegen!«, gab ich ihm mit auf den Weg.

Juan drehte sich noch einmal um und sah mich gemein an. »Iss werde warte in el cuarto – Schlafessimmer. Und wenn ihr seid fertis, Spielsseug werde komme ssu mir, eh?«

Sylvia nickte ihm wohlwollend zu, worauf Juan endgültig verschwand.

»Bisschen anstrengend der Typ, oder?«, versuchte ich das Gespräch aufzunehmen, ohne auf die mir liebgewonnenen Juan-Beleidigungen zu verzichten.

»Ein bisschen, ja. Aber auch sehr lieb. Du kennst ihn halt nicht wirklich.«

»Sicher nicht so wie du! Und da bin ich eigentlich gottfroh. Andererseits ist es auch ganz allein deine Sache, mit wem du herumhurst.«

Da war sie nun, die Bitterkeit, die ich so gern vor Sylvia verborgen hätte. Dabei hatte ich mir extra vorgenommen, cool und lässig mit der Sache umzugehen. Zum Glück war Sylvia souverän genug, über mein Verhalten hinwegzugehen. Sie zog nur missbilligend eine Augenbraue hoch und fasste mich am Arm, um mich hineinzuführen.

»Tut mir leid, Sylvia. Ich fürchte, das war blöd.«

Sie lächelte mich milde an. »Ist für mich auch nicht leicht, Cord. Ich möchte nur, dass wir Freunde bleiben, was schwer genug wird. Ich hab dich geliebt und will mich den Rest meines Lebens daran erinnern und nicht an die Umstände einer *niederträchtigen* Scheidung.«

Das waren ernste Worte, die sie sprach. So ernst, dass ich erst einmal die Luft herausnehmen musste, um mir Erleichterung zu verschaffen.

»Findest du es nicht auch komisch, dass das Gegenteil von *niederträchtig* **hochschwanger** wäre, die Wörter aber semantisch nichts miteinander zu tun haben?«

Sylvia seufzte ob meines durchschaubaren Ablenkungsmanövers. »Ich weiß, dass man mit dir nicht ernst reden kann und dass ich das gehasst habe, als wir zusammenlebten, und es irgendwann einmal vermissen werde. Ich denke, wir sollten es jetzt einfach hinter uns bringen!«, womit sie mich an den Tresen der offenen Wohnküche führte, auf dem bereits die Papiere ausgebreitet lagen.

»Und überhaupt müsste das Gegenteil von *niederträchtig* **hoch-unschwanger** heißen, und so ein Wort gibt es nicht!«, grinste sie mich an und machte Mal wieder den Punkt. »Dafür gibt es das hier«, womit sie auf die Papiere wies.

Scheidungsfolgenvereinbarung stand da, was für ein blödes Bürokratenwort. Kommissar Stanitzki hätte seine Freude daran. Ich las das Papier flüchtig durch, das Sylvia mir schon zur ersten Durchsicht hatte zukommen lassen. Sylvia würde fair sein. Von einem ausgeschlossenen Versorgungsausgleich war die Rede, genauso wie von Zugewinnausgleich und der Grundstücksübertragung des Hauses, wobei Sylvia mir einen akzeptablen Ausgleich dafür zahlen wollte. Sehr akzeptabel, wenn ich auf die Summe sah. Ganz zivilisiert würde es ablaufen, so wie in besseren Kreisen gewünscht, in denen beide Seiten über genügend eigenes Einkommen und Vermögen verfügen und beide Parteien eigene Schuld auf sich geladen haben. Ich setzte meine Unterschrift unter den Wisch und kämpfte unerwartet mit Tränen. »Irgendwie traurig«, sprach ich das Naheliegende aus und sah, dass jetzt auch Sylvia weinte.

Wir nahmen uns in die Arme und schluchzten nun beide, als Juan, angezogen von den Geräuschen, das Zimmer in hautenger, roter Unterhose betrat.

»Wasse isse los? Dasse el Femenino weine es esperable, mas bella rosa …«

Sylvia riss sich von mir los, bevor sie Juan ordentlich die Meinung geigte. »Das geht dich nichts an, Juan!«

Jäh aus meinen Gedanken gerissen fügte ich an: »Ein Reim, Sylvia. Den solltest du dir merken, weil du ihn sicher noch öfter gebrauchen kannst. Eigentlich permanent, wenn ich mir den Holzkopf ansehe …«

Juan machte eine Drohgebärde, die die Lächerlichkeit seines Aufzuges unterstrich. Ich musste
lachen und winkte ab. Dann verließ ich fluchtartig
mein altes Haus und hörte nicht mehr, was Sylvia
noch zu sagen hatte. Bedauerlich, aber es gibt
schließlich eine Belastbarkeitsgrenze. Warum hatte
sie den Kretin nicht wenigstens heute auslagern
können? Warum ließ sie ihn überhaupt bei sich
wohnen? Was fand sie an ihm? Aber egal, was es
war, eine halbe Stunde nachdem ich die erste Bar
betreten haben würde, die auf dem Weg lag, würde ich es entweder wissen oder komplett vergessen haben.

Ela's Bierstübchen war nicht ganz so schick wie die neuen, durchgestylten Cocktailbars in der Hafencity. Auch nicht ganz so günstig wie es sein müsste, um den Vergleich mit diesen Läden zumindest auf dieser Ebene zu bestehen.

Aber es gab reell gemixten Gin Tonic, und Ela, die Namensgeberin des Lokals, die im wirklichen Leben Michaela hieß, präsentierte beim Nachfüllen ihre Oberarmtätowierungen und ein schmales Lächeln, das ich in meiner Stimmung als *wohlwollend* auslegte. Wir begannen zu reden, wie man es in einer Kneipe tut, wo keiner am anderen interessiert ist, aber noch weniger alleine sein will. Beim dritten Drink bedeutete ich ihr, dass mir ab jetzt mehr am Trinken als am Reden gelegen war, worauf sie mir nachsichtig übers Haar strich und beidrehte.

Ela war kaum älter als ich, aber sie wusste alles vom Leben. Ich würde nicht mir ihr tauschen wollen, oder wenn, dann nur heute Abend, wo der Jammer groß war. Doch das würde vorübergehen. Ich musste die Dinge positiv sehen, auch wenn die letzten Monate hart gewesen waren. Ich hatte meinen Vater verloren, meine Ehefrau und die Illusion, eine alternative Lebensform realisieren zu können. Auf der Habenseite standen dagegen Erfahrungen in verschiedenen Jobs und Ländern, ein womöglich weiterer Vater und – nicht zu vergessen – eine wiederaufflammende Leidenschaft für meine Exfreundin Anke, an die ich jetzt dachte. Ich musste sie anrufen. Beim dritten Klingeln nahm sie ab.

»Hi Anke, ich bin's, Cord.«

Stille in der Leitung.

»Cord?!«

»Yep!«

»Du bist wieder da? Zurück von deinem Solotrip?«

»Ganz genau. Und wie ich damals sagte, melde ich mich umgehend bei dir«, laberte ich betrunken.

»Nur, dass Männer die das sagen, es eigentlich nie wirklich tun.«

»Häh?«, brüllte ich ins Telefon gegen den Lärm der jetzt aufgedrehten Musikanlage in Ela's Bierstübchen und konnte ein Rülpsen nicht ganz unterdrücken.

»Egal. Was machst du? Außer trinken, meine ich?«

Ich versuchte, einen klaren Kopf zu bekommen, und bezweifelte mittlerweile, dass der Anruf eine gute Idee war. Das war doch anstrengender als gedacht. Und auf Anstrengungen hatte ich jetzt gar keine Lust. Ich hätte aber auch nicht sagen können, was meine Erwartung an das Gespräch war. Ich war einfach gedankenlos, betrunken und traurig, und da war Anke die erste Adresse, um mich abzulenken.

Schöne, kluge Anke, erfahren und wissend, wie

sie war. Anke wusste immer weiter und war die einzige, mit der ich mich blind verstand. Dachte ich zumindest. Und ja, die einzige, mit der ich mich blind verstand außer Hakan. Aber die war ja keine Frau ... also er ... auch wenn er lange Haare hatte. Aber das zählte nicht.

Ich ... wurde ... langsamer ... und ... schwerer ... und ... bald ... schlief ... ich ... ein ...

Ich wachte in Ankes Bett auf und freute mich darüber, auch wenn ich wusste, dass nichts zwischen uns passiert war. Ich erinnerte mich daran, Anke meinen Aufenthaltsort genannt zu haben, und daran, dass sie mich abgeholt und mitgenommen hatte. Die Treppe zur Wohnung hochgehen, ausziehen, waschen und unter die Decke legen waren Erinnerungen im Zeitraffer, aber ich wusste, dass sie stattgefunden hatten. Und ich wusste, dass nichts war zwischen Anke und mir. Aber das war egal.

Anke hatte den Frühstückstisch gedeckt, was ich als gutes Omen wertete. Allerdings stand nur ein Teller auf dem Tisch, was mich wieder einbremste.

»Ich wusste nicht, ob du frühstücken willst«, lächelte sie mir wohlwollend zu. »Womöglich ist dir ja noch schlecht bei dem Kater ...«

»Wohl eher ein Kätzchen«, versuchte ich die Dimensionen herunterzuspielen. »Ein klitzekleines gar, das im frühgeburtlichen Schwebezustand zwischen Lebensbejahung und vorzeitigem Ableben schwebt. Mit anderen Worten: nicht der Rede wert!«

Anke rümpfte die Nase. »Für mich sah das anders aus. So wie der fette Kater, der früher um unsere Terrasse der Wohnung in Uhlenhorst herumschlich. Dieses Monster mit den angefressenen Ohren und den schlechten Manieren.«

»War ich laut?«

»Nur als du schon im Bett lagst. Früher hast du nicht so geschnarcht. Ich hoffe, das lag am Alkohol.«

Schuldbewusst setzte ich mich an den Tisch und senkte den Blick auf die Kaffetasse. Danach erzählte ich ihr von dem Abend und den Ereignissen davor. Meinem Treffen mit Sylvia, dem Tod meines Vaters und der Suche nach meinem leiblichen Vater und wunderte mich kein bisschen, dass Anke genau die richtigen Fragen stellte und Anregungen gab. Und so gestand ich ihr schließlich auch, wie sehr mir davor graute, meinen neuen Vater anzurufen und die gute Nachricht zu überbringen.

Wie sollte er auf sie reagieren, damit ich nicht enttäuscht wäre? Unwahrscheinlich, dass er von purer Freude überwältigt sein würde, außer natürlich, er wüsste bereits von mir. Dann aber würde ich mich fragen, warum er mich bisher nicht hatte sehen wollen. Würde er hingegen versuchen, die Vaterschaft abzustreiten, wäre das auch kein trittfester Untergrund für unsere zukünftige Vater-Sohn-Beziehung. Würde er wiederum in nachdenkliche Stille verfallen - die eigentlich nachvollziehbarste Variante - müsste ich auch das als Ablehnung empfinden. Die Kontaktaufnahme würde also zweifellos eine Belastung für unsere Beziehung werden.

Mich hatte also der Mut verlassen, und da kam mir Ankes famoses Angebot, diesen ersten Schritt zu übernehmen, gerade recht. Und dann machte sie einen noch viel besseren Vorschlag. Wir sollten Keiler gemeinsam aus der Ferne beobachten, bevor wir uns zu erkennen geben würden. Schließlich hatte uns Stanitzki ja nicht nur dessen Telefonnummer gegeben, sondern auch seine Adresse. Unauffällig würden wir ihn beschatten und einen ersten Eindruck gewinnen. Und dann, wenn die Situation günstig erschien, würden wir aus dem Gebüsch springen und uns erklären.

Als wir den Plan beschlossen, hörte er sich vernünftiger an als jetzt, wo ich es aufschreibe ...

Papa Pessimista

Wir hatten es uns in Ankes Wagen gemütlich gemacht. Anke hatte ein Picknick aus Antipasti mit verschiedenen Quarkdips zubereitet, Olivenbrot gekauft und eine Thermoskanne Kaffe abgefüllt. In warme Wolldecken gegen die Morgenkühle gewickelt, beobachteten wir Frank Keilers dritten Ausflug des noch jungen Tages. Wie auch bei den beiden vorangegangenen handelte es sich um einen übellaunigen Kurztrip vor die Haustür, um einem Passanten eine belanglose Unachtsamkeit vorzuwerfen.

Zunehmend irritiert beobachteten wir, wie Keiler – in Ankes Worten mittlerweile *Papa Pessimista* – mit ausgestreckten Armen und fuchtelnden Händen ein junges Mädchen vom Fahrrad zwang. Ich kurbelte das Fenster herunter, um das Gespräch mithören zu können, und war überrascht, dass es draußen mittlerweile wärmer war als bei uns im Auto.

»So nicht, junge Frau, so nicht!«, schimpfte Keiler, der jetzt auch ganz wie ein solcher aussah.

Das Mädchen blickte ihn irritiert an, sichtbar bemüht, ihre Verfehlung zu erkennen.

»Du kannst nicht einfach mit einem derart klappernden Schutzblech durch die Gegend fahren und uns Anwohner um den Schlaf bringen!«

Das Mädchen zuckte mit den Schultern. »Da ist

eine vierspurige Straße vor Ihrem Haus!«

Papa Pessimista pluderte sich vor dem Mädchen auf, als hätte er ihre Widerworte nicht nur erwartet, sondern erhofft. Sich ereifern aufgrund eines berechtigten Vorwurfes, was konnte es Schöneres geben?

»Tja, Fräulein Naseweis, der Verkehrslärm, auf den Sie sich beziehen, stellt ein stetiges und berechenbares Geräusch dar, an das wir Anwohner uns gewöhnen konnten. Ihr Klappern aber ist eine einmalige und nervtötende Belästigung!«

Das Mädchen schüttelte erstaunt den Kopf, ruckte den Fahrradlenker nach oben und entriss das Rad damit Keilers Zugriff.

»Wenn es, wie Sie sagen, nur eine einmalige Belästigung war, lohnt es sich doch gar nicht, länger darüber zu streiten, oder?«

Papa Pessimista sah erstaunt auf und wirkte irritiert, während das Mädchen auf die Pedale ihres Rades stieg und mit klapperndem Schutzblech davonzog. Nach kurzer Zeit hatte er sich wieder gefasst und starrte mit verschränkten Armen auf den kleiner werdenden Hintern des Mädchens.

Als wäre sein bisheriges Auftreten nicht Grund genug, meine Beharrlichkeit bei der Vatersuche zu bereuen, leckte er sich auch noch mit der Zunge über die Lippen.

Anke tätschelte beruhigend meinen Arm. »Vielleicht hat er nur einen schlechten Tag.«

»Mach *schlechtes Leben* daraus«, äußerte ich meine mittlerweile gebildete Meinung.

»Quatsch, Cord. Eine Menge Leute benehmen sich merkwürdig, wenn sie sich unbeobachtet fühlen. Vor allem Männer, die sich dann hemmungslos am Hintern kratzen, rülpsen oder furzen!«

Papa hatte endlich das Rad fahrende Mädchen aus den Augen verloren, drehte sich in Richtung Haustür, kratzte sich am Hintern, furzte laut und verschluckte sich an einem halb verschämten ›Uupps!‹, das zu einem gigantischen Rülpser wurde.

»Das ist er nicht!«, empörte ich mich in Richtung Anke. »Das ist niemals mein Vater!«

»Du solltest ihn nicht verdammen ob seiner Manieren oder seines äußeren Erscheinungsbildes ... oder seines vordergründigen Rassismus«, quittierte sie Papas nochmalige Kehrtwendung, bei der er einer dunkelhäutigen Schönheit zuschrie: ›Nicht bei ROT über die Straße gehen! Habt ihr bei euch im Busch keine Ampeln, oder was!‹

Dann war er im Haus verschwunden und gab uns Gelegenheit zum Luftholen.

»Mein Vater ist ein hässlicher, oberlehrerhafter Faschist!«, fluchte ich enttäuscht und beobachtete, wie Anke dazu eine Grimasse zog. Was sollte sie sagen, die Dinge sprachen für sich und – wie ich einräumen musste – auch für meine Mutter. Sie hatte Recht, mich von diesem Kretin fernzuhalten und am besten nicht wissen zu lassen, wer außer ihr an meinem Genpool beteiligt war. Wir beschlossen, noch etwas zu warten und einen klaren Gedanken zu fassen, bevor ich den Typen zur Rede stellen würde. Nach einer halben Stunde kam er erneut aus dem Haus, diesmal mit einem lindgrünen Blouson bekleidet, der uns zugleich klar machte, dass Vater einen längeren Außenaufenthalt plante und einen wirklich miesen Geschmack hatte.

Ich beschloss, ihm zu folgen, und Anke schloss sich mit erzwungen wirkender Fröhlichkeit an. Immer wieder tätschelte sie mir den Arm und gab mir zu verstehen, dass ich noch nicht die Hoffnung aufgeben sollte. Das ließ sich aber nicht vermeiden, als ich sah, wie Vater auf seinem Weg einem Bettler gegen den hingestellten Hut trat und im Supermarkt, dem Ziel seines Ausfluges, mit gemeinem Lächeln in eine Schale Erdbeeren spuckte.

Schlussendlich schob er sich zwei Dosen Bier unter die Jacke. Fast unnötig zu sagen, dass Vater bei seinem versuchten Ladendiebstahl extrem dilettantisch vorging, sich weder versicherte, ob er unbeobachtet war, noch mit einer dem Vorhaben angemessenen Geschwindigkeit zu Werke ging. Streng genommen hatte ich niemals einen langsameren Versuch eines Ladendiebstahls gesehen und fand mich damit in guter Gesellschaft des Ladendetektives, der genauso irritiert die Super-slow-Motion-Aktivitäten meines Vaters beobachte.

Nachdem der zum dritten Mal die nachrutschenden Dosen aus der Jackentasche heraus- und wieder hineingeschoben hatte, den golden schimmernden Markenaufdruck dabei sorgsam den Überwachungskameras präsentierend, als handele es sich um einen Werbespot, setzte sich der Detektiv räuspernd in Bewegung und ließ mich erstarren. Der souverän auftretende Marktdetektiv geleitete meinen wild um sich schlagenden Vater in Richtung eines Nebenbüros, als ich mich endlich wieder unter Kontrolle bekam.

»Lassen sie den Mann los! Er weiß nicht, was er tut, und ist vollkommen harmlos«, mischte ich mich ein und sah mit Entsetzen, wie Vater ungeschickt mit einem Kindertaschenmesser hantierte, dass er aus seiner Jacke gezogen hatte. Dabei fielen die Bierdosen aus seinem Blouson.

»Die hat man mir untergeschoben!«, kreischte er in schriller Tonlage und wollte sich von dem Detektiv losreißen, der mit eisernem Griff seiner Arbeit nachging.

Ich näherte mich den beiden, legte Vater beruhigend einen Arm auf den seinen und meinen anderen auf die Schulter des Detektivs. Für sich einnehmen und deeskalieren, wie es mir Roy Yates im Umgang mit unseren Söldnern beigebracht hatte.

»Vielleicht können wir die Angelegenheit ohne

größere Unannehmlichkeiten in Ihrem Büro klären«, sprach ich den Detektiv mit bewusst sonorer Stimme und beständigem Augenkontakt an und spürte plötzlich warmes Blut an meiner Hand herunterlaufen. Papa hatte mich mit seinem blöden Kindermesser in den Arm geschnitten, dieser gemeingefährliche Irre.

»Du gemeingefährlicher Irrer!«, herrschte ich ihn an. »Das ist dein eigenes Blut, das du da siehst!«. Die Bedeutung dessen konnte er natürlich nicht verstehen, sah aber zumindest ein wenig schuldbewusst aus. Der Schnitt war wohl versehentlich passiert.

Zu dritt gingen wir in das Büro, während Anke geschockt im Supermarkt wartete. Nachdem wir Platz genommen hatten, der Detektiv mir ein Paket Taschentücher zur Behandlung meiner Wunde zugeworfen und sich selbst eine Zigarette angezündet hatte, saßen wir zusammen an seinem Miniaturbesprechungstisch.

»Der Mann ist nicht zurechnungsfähig«, wies ich auf Vater. »Und er ist mein Vater!«

Damit war die Katze aus dem Sack, wenn auch in einer anderen Atmosphäre als ich es mir ausgemalt hatte. Papa schüttelte resigniert den Kopf, hielt den Blick dabei auf die Tischplatte gerichtet und schlug immer wieder mit dem Zeigefinger gegen seine Schläfe. »Der spinnt«, ließ er sich endlich zu einem Kommentar herab.

»Nein, gar nicht. Du bist mein Vater, du weißt es nur noch nicht!«

Frank Keiler, sah auf und mir ins Gesicht. »So wie du ein Schwachkopf bist, ohne es zu wissen?«

»Ja, ungefähr …«, verlor ich jetzt endgültig den Faden. »Aber das klären wir besser später …«

Der Detektiv lehnte sich zurück und schüttelte angewidert den Kopf. »Ist mir eigentlich egal, welche Nummer ihr beiden Süßen hier abzieht. Nicht egal ist mir aber, dass der Alte geklaut hat. Und wer weiß, was DU noch alles in deiner Tasche hast«, wies er auf mich. »Hast du was dagegen, dass ich dir in die Tasche greife oder soll ich lieber gleich die Bullen rufen?«

Ich sah ihn irritiert an, überlegte meine Optionen, rekapitulierte den bisherigen Verlauf unseres Gespräches und gab dem Mann innerlich Recht. Ein Wunder, dass wir nicht schon in zwei Zwangsjacken steckten. Jetzt war es dringend geboten, die Wende herbeizuführen. Ich atmete tief ein.

»Mein Vorschlag lautet genau andersherum. Was halten Sie davon, wenn ich erst einen Fünfziger auf den Tisch lege, um den Schaden des Hauses zu begleichen, und dann in Ihre Tasche greife, um den Hunderter glattzustreichen, den ich in ihr finde. Danach verlassen wir den Raum, den Markt und sehen uns nie wieder!?«

Der Detektiv grinste mich frech an. »Kann mir vorstellen, dass sie da zwei Hunderter in meiner

Tasche finden werden. Dauert dann natürlich etwas länger mit dem Glattstreichen. Aber dann … Tja, warum nicht? Wir wollen uns das Leben ja nicht unnötig schwer machen, oder?«

Als das erledigt war und wir gemeinsam auf dem Supermarktplatz standen, sagte der Alte endlich seinen nächsten Satz, der eigentlich für eine Dankbarkeitsäußerung bestimmt gewesen wäre, wenn Vater die Regeln der Höflichkeit gekannt hätte.

»Die rote Scheißkarre dahinten ist das Auto von dem Penner. Typisches Schnüfflerauto.«

Noch bevor ich ihn davon abhalten konnte, hatte er schon sein Taschenmesser in den rechten Hinterreifen gejagt. Hut ab vor der Kraft dieses Psychopaten. Kurz darauf bemerkte ich den blauen Behindertenaufkleber auf der Scheibe des Autos und wies stumm auf ihn.

»Kam dir der Typ in irgendeiner Weise behindert vor, Schwachkopf?«

Papa grinste fies. »Schon, ja.«

Ich steckte einen weiteren Hunderter hinter den Scheibenwischer und zerrte Papa vom Tatort weg. Kein wirklich ehrenvolles Verhalten, ich weiß, aber ich musste Papa vor sich selbst und anderen schützen.

»Lass uns gehen!«, sagte ich, zog ihn an seinem Arm und ließ ihn erstaunt los, als er lautstark zu schreien anfing.

»Hilfe, der Mann tut mir weh, Hilfe, Überfall!«, brüllte er und machte mich erneut sprachlos. Beherzt ging Anke dazwischen, schlug ihm zweimal hart ins Gesicht und beruhigte die neugierigen Leute um uns herum mit der Botschaft, alles unter Kontrolle zu haben. Ich kann dem Schicksal nicht genug für die Freundschaft mit Anke danken. Allerdings war mir das Schicksal auch noch einiges schuldig, bedachte man, welchen Vater es mir zugeschludert hatte.

Wir zerrten den jetzt willenlosen alten Mann in unser Auto, fuhren zu seiner Wohnung und begleiteten ihn dort hinein. Hier war alles überraschend sauber, penibel aufgeräumt und furchtbar eingerichtet. Wir setzten uns in eine samtig grüne und abgewetzte Sofalandschaft und Anke sprang gleich wieder auf, um Kaffee zu kochen und mir und dem Alten Gelegenheit für ein offenes Gespräch zu geben. Ich erklärte Keiler, was wir bisher herausgefunden hatten und warum ich ihn für meinen Vater hielt. Als ich endete, sah er mich zweifelnd an, zog lautstark die Nase hoch und beugte sich vor.

»Hätte ich mir denken können, dass mein Sohn so ein blöder Arsch ist.«

»Ist das alles?«

»Nö, ich wüsste gerne, was das überhaupt für

eine Trulla sein soll, mit der ich angeblich rumgemacht hab.«

»Du redest über meine Mutter! Agnes Andreesen, geborene Agnes Brede. Blond, 1,68 Meter groß. Ihr habt euch an der Uni kennengelernt, sie hat Geschichte studiert.«

»Ach die, ja!«, fiel es ihm wieder ein. »Hatte mich damals gewundert, warum die sich plötzlich nicht mehr gemeldet hat. War mir aber auch egal.« Er zog wieder die Nase hoch. »So gesehen hatte ich ja noch richtig Glück, dass sie nicht gleich zu mir gelaufen ist und mich heiraten wollte.«

»Wieso das denn?«

Keiler guckte irritiert, als wäre das die logischste Sache der Welt und wies mit ausladender Geste auf seine Wohnungseinrichtung. »Na, sonst hätte ich doch heute nicht das hier alles!«

Anke, inzwischen wieder zu uns gestoßen, sah mich betreten an und zuckte mit den Schultern. Ich ging darüber hinweg.

»Mama sagte, du hättest früher einen Sportwagen gefahren, einen Karmann Ghia.«

Ein ekliges Grinsen verlor sich in Keilers Gesicht. »Ha, wusste ich's doch! Die Weiber sagen zwar immer, sie würden nach anderen Dingen gucken aber in Wirklichkeit geht es ihnen doch nur um die Kohle. Deshalb stehen die ja auch immer noch so auf mich«, womit er erneut auf das schäbige Mobiliar wies.

»Ja, klar«, räumte ich ein. »Aber der Karmann?«

»Der gehörte meinem Bruder Manfred, dem blöden Geldsack. Der ist acht Jahre älter als ich und hat sich schon immer für was Besseres gehalten. Hat zu Ende studiert, der feine Herr, und dann ganz schnell die große Karriere gemacht. Natürlich hatte er schon während des Studiums gejobbt und reichlich Kohle verdient. Na ja, und so hab ich mir halt manchmal sein Auto geborgt, um die Tussen zu beindrucken. Bei deiner Mutter hat das ja auch funktioniert.«

»Der Wagen war aber auf dich zugelassen!«, deckte ich die Ungereimtheit in seiner Geschichte auf. Papa sah mich misstrauisch an.

»Bist du von der Stasi, Kumpel?«, knurrte er. »Woher weißt du das?«

»Lange Geschichte. Die Kurzform lautet, dass wir dich erst über den Wagen ausfindig machen konnten.«

Keiler zuckte mit den Schultern und fuhr dann gleichgültig fort. »Okay, das war, weil mein Bruderherz sein erstes Auto so oft geschrottet hatte, dass er keine Versicherung mehr für das neue bekam. Und da hat er halt mich gefragt und musste mir die Karre dafür geben, wenn ich eine neue Puppe am Start hatte. Wenn ich mit der Kiste unterwegs war, lief es auch immer wie am Schnürchen.«

Angewidert schüttelte ich den Kopf und sah,

dass es Anke genauso hielt. Was für ein Idiot. Und dass Mutter auf das geliehene Angeberauto reingefallen sein sollte, wollte ich auch nicht glauben.

»Herr Keiler ... Papa ... ich würde dich gerne in den nächsten Tagen mit jemandem bekannt machen, der professionell geschult ist, mit Situationen wie dieser umzugehen. Jemand, der uns helfen kann, die verbliebenen Fragen zu klären.«

Keilers zu einer Fratze verzogenes Gesicht verriet völlige Ratlosigkeit.

»Es geht darum, herauszufinden, ob wir wirklich Vater und Sohn sind und Wege zu erarbeiten, wie wir mit dem Ergebnis umgehen.«

»Warum sollte ich das wollen?«, erwiderte Keiler und bewies damit wieder, welch Unflat er war.

Anke platzte der Kragen: »Vielleicht, um die letzte Chance zu ergreifen, noch mal neu anzufangen! Der sozialen Verarmung zu entkommen und wieder ein Mensch zu werden, der nicht nur dadurch auffällt, anderen auf die Nerven zu gehen!«

Keiler sah sie entrüstet an, bereit, etwas wirklich Gemeines zu erwidern, wenn ihm nur endlich etwas einfiele. Tat es aber nicht, und so ließ er nach einer Weile den Kopf hängen.

»Ich hol dich morgen um zwölf ab und bring dich hin«, versprach ich ihm im Aufbruch. »Du hast doch nichts anderes vor, oder?«

Keiler fixierte starr die Tischplatte und sah nicht einmal zu uns auf, als wir das Zimmer verliessen.

***

Am selben Nachmittag rief ich Hakan an und erklärte ihm, worum es ging. Es dauerte etwas, bis ihm klar wurde, was ich von ihm wollte: *eine absolut illegale Aktion.*

»Du willst, dass ich ihm ein Zustimmungsformular zu einer Vaterschaftsuntersuchung unterschummele und ihm dann unter einem Vorwand das Blut abnehme. Habe ich das richtig verstanden?«

»Ja, nur mit weniger *Unterschieben* und *Vorwand* und so ...«, versuchte ich den negativen Ton seiner Aussage zu glätten.

»Da sehe ich aber ein großes Problem«, sprach Hakan das Befürchtete aus.

»Ah ja?«

»Wäre ja sonst kein Ding, aber ausgerechnet morgen um eins bin ich mit der tollen Tierärztin verabredet, die ich gestern auf der Dackelausstellung getroffen habe. Total niedlich ist die.«

»Was machst du auf einer Dackelausstellung?«

Hakan wand sich unbehaglich auf seinem Stuhl.

»Da möchte ich jetzt eigentlich nicht drüber reden.«

»Spuck's schon aus, Hak«, drängte ich weiter.

»Ich musste Hermann von der Bühlerheide begleiten, wenn du es unbedingt wissen willst.«

»Ein Patient?«

»Wenn du so willst. Prämierter Langhaarteckel mit ausgeprägtem Lampenfieber. Kriegt immer Durchfall, wenn er sich präsentieren muss, und seine Besitzerin wollte probieren, ob ich ihm helfen kann. Die Praxis läuft zur Zeit nicht so gut, hab ich dir doch schon erzählt.«

Ich schüttelte den Kopf. »Und hast du ihm helfen können?«

Nun erklang ein Hauch von Stolz in seiner Stimme. »Die Besitzerin sagt, sein Durchfall wäre dieses Mal viel fester gewesen als sonst. Ich glaube allerdings, dass sie sich dabei getäuscht hat und es nur so aussah, weil das meiste davon von meiner Jacke aufgesogen wurde.«

»Du hattest das Tier auf dem Arm?«

»Was sonst?« entrüstete sich Hakan. »Ich sollte den Köter ja behandeln und das geht wohl kaum durch das Telefon.«

Ich entschied, genug von Hakans Berufsalltag gehört zu haben. »Vielleicht kannst du dein Date ja verschieben?«

»Oder du deines«, entgegnete Hakan zu Recht.

»Das wird bei mir schlechter sein als bei dir. Keiler ist ein Psychopath, ein grimmiger Zyniker, der mir sofort absagt, wenn ich ihm nur die Chance dazu gebe. Ich gehe mal davon aus, dass deine Tierärztin ein anderes Kaliber ist und dich verstehen würde.«

»Und wenn nicht?«

»Dann ist sie es auch nicht wert, getroffen zu werden!«

Hakan blickte gedankenverloren durchs Fenster, schnippte endlich einen Kekskrümel vom Schreibtisch und sah mir ins Gesicht.

»Okay, ich mach's. Aber ich will hinterher keine Vorwürfe von dir hören!«

›Uuups‹, dachte ich und rekapitulierte die vergangenen Katastrophen, die Hakans gutgemeinter Einsatz hervorgerufen hatte. Aber ich hatte keine andere Wahl, wenn ich Gewissheit wollte. Und natürlich wollte ich das ...

Mal verliert man, Mal gewinnt man nicht

Hakans psychologische Praxis hatte an dem Tag schon mehr Besucher gesehen als in der gesamten vergangenen Woche. Es musste mit seinen Patienten deutlich bergab gehen, damit sein Laden wieder gut lief. Das Psychiater-Paradoxon bestand darin, dass sein eigener beruflicher Erfolg mit den Niederlagen seiner Patienten einherging und er immer dann, wenn ihm selbst fröhlich zumute war, er zugleich die jammervollsten Geschichten seiner Patienten ertragen musste. Andersherum, also wenn es den möglichen Patienten insgesamt gut ging, war es natürlich noch schlimmer. Dann standen dem Psychiater leere Praxisräume und anschwellende Zukunftsängste bevor.

Hakan nahm das Ganze normalerweise mit dem ihm typischen Gleichmut hin. Heute aber war er tödlich genervt von der aufbrandenden Nachfrage nach seiner Dienstleistung. Immerhin wartete im Nebenzimmer seit einer Viertelstunde seine neue Flamme Carina, die lässige Tierärztin von der Dackelshow, die ein überraschend professionelles Verständnis für seine Situation aufbrachte. Er hatte ihr erklärt, wie es um sein heutiges Zeitmanagement stand, und schließlich machte sie den Vorschlag, sie könne doch einfach in der Praxis warten, bis sich eine Beratungslücke auftäte. Unaufgefordert erklärte sie ihm, dass Geduld eine ihrer hervorragenden Stärken sei. Schließlich sei sie daran gewöhnt, die langatmigen Schilderungen ihrer eigenen Kunden über die minimalen Leiden von deren pelzigen Lieblingen durchzustehen. Wie weit aber ihre selbst gepriesene Geduld reichen würde, um gemeinsam mit dem Praktikanten Hartmut in dem zwölf Quadratmeter großen Nebenraum auszuharren, würde sich bald zeigen, dachte Hakan, während er Papa Pessimista am Arm nahm und in das Behandlungszimmer führte.

»Herr Keiler«, eröffnete Hakan das Gespräch mit dem Mann, der vielleicht mein Vater war. »Schön, dass Sie es einrichten konnten.«

Keiler sah mürrisch hoch. »Ich wurde entführt. Man hat mich genötigt und erpresst«, mischte er alle Straftaten zusammen, die sein vernebelter Geist gerade abrufen konnte.

Hakan zog fragend die rechte Augenbraue hoch und brachte Keiler damit in Schwung.

»Dieser übergeschnappte Irre, der glaubt, mein Sohn zu sein, hat mich gewaltsam verschleppt. Ich bin nur froh, dass Sie ihn jetzt behandeln wollen.«

»Wie bitte?«

»Ja, dass Sie ihn jetzt wieder richtig machen im Kopf, auch wenn das nur mit Medikamenten gehen wird.«

Hakan räusperte sich und ärgerte sich im selben Moment darüber, schließlich wollte er seinem Gegenüber keinen Anhaltspunkt für seine eigene Gemütslage geben. Die wichtigste Psychiaterregel lautet, die eigene Befindlichkeit während der Patientengespräche zu neutralisieren und auf diese Weise Beeinflussungen zu vermeiden.

»Es ist eigentlich nicht meine Aufgabe, Herrn Andreesen zu therapieren«, half sich Hakan mit steifem Amtsdeutsch über seine Verblüffung hinweg.

»Nein? Und warum hab ich den Kerl dann hierhergebracht?«, fragte Keiler und fügte dann grummelnd hinzu: »Verfluchte Zeitverschwendung das Ganze.«

Plötzlich klingelte das Telefon und Hakan sah mit routiniertem Blick, dass es sich um einen internen Anruf aus dem Nebenzimmer handelte.

»Sie *entschulden* mich?«, richtete er das Wort an Herrn Keiler und benutzte damit einen alten Psychologenwitz. »Was ist los, Hartmut, du weißt doch, dass ich einen Termin habe!?«, bellte er in den Hörer.

»Ich bin's, Carina.«

Schlagartig wechselte Hakan in den freundlicheren Tonfall seiner für diese Zwecke einstudierten Verführerstimme. »Hi Carina«, röhrte er niederfrequent in den Hörer. »Was kann ich für dich tun?«

»Hartmut sagt, dass er Hunger hat.«

»Was zum … Carina, frag ihn bitte, was ich damit zu tun habe? Ich bin mitten in einer Sitzung!«

»Ich weiß, es ist nur so, dass er gerade meine Jacke nach Essbarem durchsucht und ich nicht weiß, was ich jetzt machen soll. Schließlich habe ich die Jacke noch an!«

»Sag ihm einfach, dass er aufhören soll!«

»Glaubst du etwa, das hätte ich noch nicht getan?!«

»Und was sagt er dazu?«

»Nichts, deswegen rufe ich ja an. Ach ja, und er hat meine Ohrmarkenzange genommen und mich dann so komisch angesehen …«

Das Wort Ohrmarkenzange im Zusammenhang mit Hartmut weckte übelste Erinnerungen an die andere, die nackte Ärztin, deren Oberschenkel Hartmut vor Kurzem duchgetackert hatte. Vielleicht stand er ja auf solche Art Handwerksarbeit.

»Bleib ganz ruhig, ich bin gleich bei euch«, sprach Hakan beruhigend in den Hörer, auch wenn das ganz und gar nicht seiner aufkommenden Besorgnis entsprach. Vorher musste er allerdings den Keiler ruhigstellen.

»Herr Keiler, wir sind eigentlich nicht wegen Cord hier … also wegen Herrn Andreesen. Es geht um Sie und um Ihre mögliche Vaterschaft!«

Keiler schüttelte hektisch den Kopf. »Mein Gott, noch so ein Mallbüdel! Das ist doch nicht möglich, dass plötzlich alle Typen rammdösig werden. Werd mich wohl besser vom Acker machen!«

***

Im Nebenzimmer hatte die Unterhaltung schon einige Minuten vorher einen toten Punkt erreicht. Zunächst hatte Carina den dicklichen Hartmut sympathisch gefunden. Richtig nett und gemütlich sah der aus. Und natürlich wäre es gut, *lieb Kind* mit ihm zu machen im Hinblick auf ihre Absichten mit Hakan. *Wenn mich seine Angestellten mögen, dann kann er eigentlich gar nicht anders, als auch mich zu mögen*, dachte sie und eröffnete die Unterhaltung mit Hartmut, der keinerlei Anstalten zeigte, selbst aktiv zu werden.

»Und Sie sind also Praktikant hier?«

»Ja«, antwortete Hartmut ohne rechte Begeisterung.

»Und macht es Spaß?«

»Geht so. Gibt keine Kantine hier.«

»Ist ja auch kein großer Betrieb, da wäre eine Kantine auch ungewöhnlich.«

Hartmut konnte das nicht überzeugen. »Weiß nicht. McDonalds ist auch zu weit weg. Zehn Minuten zu Fuß!«

»Das macht doch nichts«, wagte sich Carina aus der Deckung. »Burger King schmeckt sowieso viel besser!«

»Der ist auch nicht dichter …«

Carina wühlte in ihrer Jacke herum. »Ich glaub, ich hab sogar noch einen Gutschein von Burger King.«

Hartmut war mit einem - für seine Körperfülle – vollkommen unerwarteten Satz bei ihr und versenkte seine Wurstfinger in ihrer Jackentasche. Als er sie wieder herauszog, befand sich nicht der Gutschein, sondern eine metallisch aussehende Zange mit schwarz gummierten Griffen in seiner Hand. »Was ist das?«, wollte er fasziniert wissen.

Carina stieß ihn von sich weg, immer noch überrumpelt von der unerwarteten Behändigkeit, mit der Hartmut seine Attacke eingeleitet hatte. »Das ist eine Primaflex-Ohrmarkenzange zum Markieren von Schweineohren. Pass bloß auf. Da ist noch eine Marke drin, und du wärst nicht der Erste, der sich so ein Ding in die Nase rammt.«

Hartmut starrte die Zange an, behielt sie in seiner linken Hand und setzte mit der rechten die Suche in Carinas Jackentasche fort. Hundertfünfzehn Kilogramm Gewicht verteilt auf einhundertachtzig Zentimeter Körpergröße, die in einem Winkel von ungefähr zwanzig Grad über den Körper einer schmächtigen jungen Tierärztin zu liegen kamen, zwangen diese zu weitgehender

Passivität. Zum Glück konnte Carina noch das Bürotelefon mit ihrer freien rechten Hand erreichen und auf den Knopf mit dem darunter stehenden *intern 1*-Aufkleber drücken, um Hakan mit der notwendigen Information zu versorgen.

***

Im selben Moment, als sich Carina an ihre anatomischen Grundkenntnisse erinnerte und die Lehren, die sie aus einem vor Kurzem absolvierten Seminar zur Schmerztherapie gezogen hatte, stürzten Hakan und Papa Pessimista ins Zimmer.

»*Um Schmerzen zu therapieren, müssen wir das Wesen des Schmerzes verstehen*«, zitierte Carina gerade den Satz des damals vortragenden Referenten, während sie ihr Knie in einer flüssigen Bewegung in Hartmuts Unterleib stieß. Dessen darauf einsetzendes Kreischen war einmalig und wäre es für einen längeren Zeitraum geblieben, wäre Hartmut nicht im selben Moment aufgesprungen und wild um sich schlagend durch das Zimmer gerannt. Da er aber genau das tat, dabei immer noch die Ohrmarkenzange in der Hand hielt, mit Papa Pessimista zusammenstieß und diesem mit der Zange ein ungewolltes Wangenpiercing verpasste, durfte Hakan Zeuge einer ganz neuen Klangerfahrung werden. Dreimal rieb sich Papa Pessimista ungläubig die Wange und die eingestanzte Ohrmarke, ohne dabei die Lautstärke seines Gebrülls zu verringern, bevor er glatt nach hinten schlug und regungslos liegenblieb.

Hartmut agierte jetzt wieder als Solist, dessen Schreie gedämpft aus dem Badezimmer kamen, wo er den Schaden mit kaltem Wasser zu heilen versuchte. Hakan und Carina waren nun alleine im Zimmer, sieht man vom am Boden liegenden, blutenden Papa Pessimista ab, der offenbar allen Grund für seine negative Lebenseinstellung hatte.

»Das trifft sich gut«, erläuterte Hakan der verblüfften Tierärztin. »Ich wollte ihm sowieso gerade Blut abnehmen und wusste nicht, wie. Jetzt brauche ich nur die blöde Ampulle an seine Wange zu halten und die Sache ist geritzt!«

Carina sah ihn ungläubig an und Hakan fühlte sich zu einer weiteren Erklärung genötigt.

»Das ist für einen Vaterschaftstest!«

Carina legte ihre Stirn in Falten. »Ist das nicht illegal? Ich meine, ohne Zustimmung von dem Betroffenen und so.«

»Bei der Summe aller gerade vorgefallenen Vergehen dürfte das wohl kaum mehr ins Gewicht fallen, oder?«

»Da hast du natürlich Recht«, antwortete Carina und nahm dem ungeschickt agierenden Hakan die Ampulle ab, drückte sie kräftig an Keilers Wange und ruckte solange an der Ohrmarke, bis der Behälter dunkelrot gefärbt war. Dann reichte sie ihn

Hakan zurück.

»So, und was ist der nächste Punkt in deinem Programm? Ihm eine Tätowierung verpassen? Seine Haare schneiden? Welche Persönlichkeitsrechte wollen wir ihm jetzt nehmen?«

Hakan versuchte sie zu beruhigen. »Ich verstehe dich. Das war kein idealer Start für uns, auch wenn ich dir versichere, dass das keine normale Arbeitssituation bei mir ist. Vielleicht siehst du es mal von der humorvollen Seite. Es ist doch skurril, dass …«

»Skurril?«, brüllte Carina. »Humorvoll??? Bist du nicht ganz dicht?! Die machen dir wegen so was die Praxis dicht! Und meine gleich dazu!«

Hakan zwinkerte ihr zu. »Nicht, wenn wir Hartmut und den Typen hier zusammenbinden und in die Trave werfen.«

Carina nickte gedankenverloren.

»War nur ein Witz, Süße. Wenn wir Hartmut da reinwerfen, dann steht die Altstadt unter Wasser und die Fische treiben an der Oberfläche von all dem Gift, das er sich bei den Burger-Mikrowellierern reingepfiffen hat. Nein, nein, da gibt es eine bessere Lösung.«

Carina sah ihn zweifelnd an. »Was könnte das sein? Wenn der Typ hier aufwacht und merkt, dass ihm ein Ohrmarkenpiercing verpasst wurde, wir ihm dazu unerlaubt Blut abgezapft und ihn nicht weiter notversorgt haben, dann wird er uns kaum zugetan sein, vermute ich.«

Hakan nickte und schüttelte anschließend den Kopf. »Ja und nein, du Zweiflerin. Ist nur eine Frage der Organisation und der Entschlossenheit.« Mit einer Drehbewegung deutete er auf das Badezimmer, dessen Tür offenstand und den Blick auf Hartmut freigab, der dort immer noch mit heruntergelassenen Hosen die Leiden behandelte, die Carina ihm zugefügt hatte.

»Wenn wir es schaffen, Hartmut mit den Ballonhoden aus dem Badezimmer zu schaffen und so, wie er ist, auf Herrn Keiler zu setzen, bevor der aufwacht, dann könnten wir es wie den Unfall zweier Sado-Maso-Tunten aussehen lassen.«

Carina meldete Zweifel an. »Aber die beiden würden doch wissen, dass das nicht stimmt.«

»Ja, aber nichts hat mehr Überzeugungskraft als das Foto, das ich davon machen werde. Wenn die das sehen, verzichten sie garantiert auf eine Anzeige!«

Carina zweifelte noch immer. »Ist das nicht ein bisschen zu kompliziert, um einen Unfall zu tarnen? Und nebenher gesagt ist Schwulsein viel zu normal, um heute noch jemanden damit erpressen zu können.«

Hakan dachte darüber nach. »Zunächst einmal handelt es sich um einen außerordentlich schwer erklärbaren Unfall. Alleine zu vermitteln, was eine Ohrmarkenzange in einer psychiatrischen Praxis zu suchen hat …«

»Das leuchtet mir ein«, stimmte Carina zu.

»Und soweit es das Schwulsein betrifft, hast du natürlich Recht. Völlig normal und in Ordnung. Aber für so einen Arsch wie diesen Herrn Keiler sicher nicht. Und wenn dann noch ein Typ mit medizinballgroßen Eiern und einer Ohrmarkenzange ins Bild gerät, dann dürfte das locker sein Schweigen wert sein.«

»Mir ist aber immer noch nicht klar, wie du Hartmut dazu bringen willst, dass er sich auf den Typen setzt und … «

» … und dabei die Zange in der Hand hält«, ergänzte Hakan und schickte sich an, ins Nebenzimmer zu gehen. »Das ist der einfache Teil!«

Als er wiederkam, hielt er einen Cognacschwenker und eine Kamera in der Hand. »Das hier ist eine Mischung aus Cognac, Rum und Benzodiazepinen, landläufig K.-o.-Tropfen genannt. Ich werde das jetzt Hartmut geben und ihm sagen, dass es die Schmerzen lindert – was ja auch stimmt –, und du hältst dich mit der Kamera bereit, okay?«

Keine fünfzehn Minuten später war die Aktion durchgeführt, das Foto auf den Server gezogen und anschließend auf dem Praxisdrucker in Übergröße ausgedruckt. Das Ergebnis hatte das Zeug zum Coverfoto des Fetischmagazins ›bizarre &

kinky‹ und übertraf sogar Hakans an phantasievolle Ausschweifungen gewöhnte Erwartungen.

Eine weitere Viertelstunde darauf traf ich in der Praxis ein, um Papa Pessimista in Empfang zu nehmen. Ich ging direkt in Hakans Behandlungszimmer und wunderte mich, dass es leer war. Leer an Personen, Gegenstände gab es genug. Mehr als genug, berücksichtigte man den großen Ausdruck, der auf Hakans Schreibtisch lag und die Foto gewordene Ungeheuerlichkeit einer S/M-Orgie war, in der mein Vater die Hauptrolle spielte. Frank Keiler war klar zu erkennen, auch wenn er Lippenstift und Lidschatten trug und irgendetwas Widerliches in seiner Wange steckte. Auch der rosafarbene Rest seines unbekleideten Körpers machte das Bild nicht besser. Vollends absurd wurde das Ganze aber durch den ebenfalls nackt auf ihm sitzenden Spielgefährten, der eine Zange in seiner Hand hielt. Ich könnte jetzt behaupten, dass es Überwindung kostete, mich näher über das Foto zu beugen und die örtlichen Gegebenheiten mit denjenigen in Hakans Büro zu vergleichen. Aber das wäre scheinheilig. Sonderlichkeiten machen mich zuallererst neugierig und erst später setzt Verstörung ein. Ich beugte mich also gerade tief über das Bild und sah mich darin bestätigt, dass es erst vor kürzester Zeit in genau dieser Praxis aufgenommen wurde, als Hakan das Zimmer betrat und mir jovial auf die Schulter klopfte.

»Na, Alter, willst du deinen Dad abholen?«

»Meinen Dad? Den Hohepriester der S/M- und Fetisch-Freaks. Den Typen, der mit euch wilde Sexorgien feiert?«

Hakan nickte in Richtung des Fotos. »Oh, du hast das Bild bereits gesehen?«

Ich wies mit geöffneter Handfläche darauf. »Wie könnte ich nicht? Und wie konnte das passieren, Hakan? Und überhaupt, warum hängst du es nicht gleich in die Wandelhalle des Hauptbahnhofes?«

Er grinste mich an. »Hab ich ja noch vor. Ich wollte es aber erst einmal im Internet veröffentlichen, bevor ich mich um die sonstige Verwertung kümmere. Aber im Ernst, wir hatten doch vereinbart, dass es keine Vorwürfe und Fragen geben sollte, wenn ich dir diesen kleinen Gefallen tue.«

Ich grübelte darüber nach und ärgerte mich, einmal mehr nicht auf mein Gefühl gehört zu haben, das mir von Hakans Hilfe abriet. Das würde ich wohl nie lernen. »Es war nur von Vorwürfen die Rede, nicht von Fragen«, erinnerte ich Hakan an unsere Vereinbarung. »Und so frage ich mich, warum ich dir immer wieder vertraue, obwohl ich doch weiß, was für ein Psychopath du bist!«

Hakan zuckte die Achseln. »Hört sich für mich nicht wie eine Frage an, wenn ich ehrlich bin.«

»Okay, dann probieren wir es einfach mit einer

anderen: Wieso hast du das zugelassen, und warum hat der nackte Typ, der auf Papa sitzt und von dem ich hoffe, dass es nicht Hartmut ist, medizinballgroße Eier?«

Abermals zuckte er mit den Schultern. »Der Herr in seiner grenzenlosen Weisheit und Güte verteilt seine Gaben nun mal ungleich. Da brauchst du dir nur deine und meine Muskeln anzugucken und ...«

»Ja, aber warum sind seine Hoden dunkelblau???«

»Ach das ...«, nickte Hakan. »Das ist nur eine Farbungenauigkeit der Kamera oder des Fotopapieres. So hat es mir mal ein netter Berater bei Foto Ploof erklärt, als ich ein Bild von einer Freundin gemacht hatte und es aussah, als hätte ich eine Wärmebildkamera dafür benutzt.«

»Hä?«

»Ja, in Wirklichkeit sind seine Hoden violett und nicht dunkelblau ... Also, sie waren violett. Ich denke, das ist noch in der Entwicklung und vielleicht sind sie ja inzwischen wirklich dunkelblau. Aber als ich das Foto gemacht habe, da ...«

»DU hast das Foto gemacht???«, schrie ich ihn an.

»Ja, klar«, gab er sich überrascht. »Wer sonst? In deren Situation einen Selbstauslöser einzurichten ist doch unmöglich. Was denkst du dir bloß? Der eine Typ hat eine Schweineohrmarke in der Wange und der andere ballongroße Hoden. Da wird denen kaum ein Schnappschuss in so einer Qualität gelingen, meinst du nicht auch?!«

Bevor ich ihm eine angemessene Antwort oder besser noch einen Fausthieb geben konnte, stolperte Hartmut ins Zimmer. Hartmut, der eben erst wieder zu sich gekommen war und bis auf eine viel zu schmal geschnittene, halblange Jacke nichts anhatte.

»Ist das etwa meine Jacke?«, herrschte Hakan ihn an.

»Denke schon. Ich war irgendwie weg, nach dem Tritt von deiner beknackten Freundin. Und als ich aufwachte, war ich nackt und hab mir die erstbeste Jacke gegriffen, die ich finden konnte. Weißt du, was passiert ist?«

»Nein, oder ja. Aber ich weiß auf jeden Fall, was passieren wird, wenn du nicht sofort die Jacke ausziehst.«

Hartmut sah an sich herunter. »Warum?«

»Weil das die Jacke ist, die ich auf der Dackelshow anhatte und die Hermann von der Bühlerheide mit seinem Durchfall imprägniert hat. Ich wollte sie eigentlich heute morgen zur Reinigung bringen und hätte es auch bestimmt gemacht, wenn nicht so viel los gewesen wäre.«

Hartmut sah erneut an sich herunter und sackte dann zusammen.

»Ich sagte doch, ich wüsste, was passieren wird«, grummelte Hakan und deutete auf Hartmut. »Kannst du ihm die Jacke ausziehen?«

Ich zeigte ihm einen Vogel und verließ das Zimmer. Im Nebenraum fand ich die Tierärztin im Gespräch mit meinem Vater. Ach ja, und einen weiteren Abzug des gleichen Fotomotivs, das in Hakans Büro auslag. Papa Pessimista sah peinlich berührt zu Boden, während die junge Ärztin auf ihn einredete.

»Ich denke, da stecken Sie echt in der Scheiße, Herr Keiler«, hörte ich sie noch sagen und sah, wie sie dabei auf das Foto deutete.

»Entschuldigung, wenn ich unterbreche, aber da drüben ist einer, der wirklich in der Scheiße steckt. Wortwörtlich. Vielleicht wollen Sie kurz rübergehen und mich mit meinem Vater allein lassen?«

Darüber dachte Carina kurz nach und schüttelte dann energisch den Kopf. »Ich wollte ihrem Vater gerade …«

»Ich bin nicht sein Vater!«, unterbrach Keiler.

»Du kannst nicht ermessen, wie sehr ich das wünschte«, kommentierte ich.

»Na ja, ich wollte ihrem Vater – oder Herrn Keiler – gerade die Ohrmarke entfernen.«

»Das mach ich selbst!«, kreischte Papa.

»Das ist eine *Primaflex S*-Marke. Die holen sie sich alleine noch nicht einmal mit dem Schweißbrenner raus!«, behauptete die Tierärztin und Papa Pessimista kreischte abermals entsetzt auf.

»Nach allem, was Sie hier so angerichtet haben«, setzte sie nach und zeigte abermals auf das Foto, »wird das ein echter Spaziergang, wenn ich Ihnen jetzt die Marke herausoperiere und Sie dann fast wie neu nach Hause gehen können.«

Beim Wort *operieren* zuckten Papa und ich gemeinsam zusammen und starrten auf die Ärztin, die auch schon das geeignete Werkzeug in die Hand genommen hatte. Papa Pessimista hob die rechte Faust und fixierte mich drohend. »Das werde ich dir niemals verzeihen, du blöder Arsch!«

Ich sah zu Boden und spürte meine Schultern heruntersacken. Was für einen grandiosen Fehlstart Vater und ich doch hatten. Wahnsinn!

Den Nachhauseweg in meinem Auto verbrachten wir schweigend, aber nicht lautlos, soweit es Papa betraf. Im blitzsauberen Wechseltakt stöhnte er auf und sah mich dann vorwurfsvoll an. Und immer, wenn sich unsere Blicke trafen, lupfte er die an die Wange gehaltene Mullkompresse, um mir ihre blutgetränkte Seite vorzuführen. Ich war ein schlechter Sohn, keine Frage. Aber dass Papa Pessimista ein idealer Vater war, konnte man ja auch nicht gerade behaupten. Ich brachte ihn in seine Wohnung und versprach, ihn auf dem Laufenden zu halten, was er aber ablehnte.

»Mir wäre es ehrlich gesagt lieber, ich würde nichts mehr von dir hören, du Spinner!«, waren seine wenig Hoffnung spendenden Abschiedsworte. Und eigentlich ging es mir genauso.

***

Drei Tage später rief Hakan an. Und obwohl in der Zwischenzeit eine ungewöhnliche Funkstille zwischen uns geherrscht hatte, wirkte er weder gekränkt noch schuldbewusst, sondern schlicht so wie immer.

»Hey Cord, ich hab eine gute und eine schlechte Nachricht für dich. Welche soll es zuerst sein?«, kam er ohne Begrüßung zur Sache.

Da auch mir nicht an einem langen Schmollen gelegen war, antwortete ich ähnlich aufgeräumt. »Die zuerst, die mit dem Halbsatz endet: ... *und aus diesem Grund hat man DICH zum Betreuer der brasilianischen Sambagruppe gewählt!*«

Hakan lachte höflich. »Okay, die gute Nachricht kennst du also schon, aber wusstest du auch, dass es sich dabei um die Gruppe der *ehemaligen Sambatänzer* handelt. Genauer, der Samba-Tanzgruppe von 1951, Abteilung Herren?«

»Natürlich. Ich hab auch schon zugesagt. Also los, Hakan, was sind deine NEUEN Nachrichten?«

»Okay, dann die schlechte zuerst: Wir wissen immer noch nicht, wer dein Vater ist.« Ehrliches

Bedauern sprach aus seiner Stimme.

»Das heißt, der Bluttest hat nicht funktioniert?«

»Nein, ganz und gar nicht. Das ist ja die gute Nachricht. Der Bluttest beweist, dass dieser blöde Frank Keiler NICHT dein Vater ist! Hätte mich auch wirklich gewundert, wenn du mit so einem Perversling verwandt gewesen wärst. Ein Typ, der sich im Liebespiel eine Ohrmarke in die Wange stanzen lässt«, faselte er und hatte die wahren Gegebenheiten bereits vollständig durch seine fiktive Geschichte ersetzt.

Ich ließ ihn weiterbrabbeln und atmete tief durch. Die jetzt eingetretene Erleichterung ließ mich erst das Gewicht spüren, dass vorher noch meinen Brustkorb eingeschnürt hatte wie der Vorbote eines nahenden Herzinfarktes. Keiler war nicht mein Vater. Folglich war ich kein Keiler. Wunderbar! Ich müsste diesen verdrehten, vor Einsamkeit verbitterten Typen nie mehr wiedersehen. Diesen alten Griesgram, der so tief von der Welt enttäuscht war. Aber verdammt nochmal, natürlich würde ich das nicht tun. Ich würde ihn ab und zu besuchen und mich von ihm beschimpfen lassen und ich würde es leichten Herzens ertragen, weil er NICHT mein Vater war.

Der Geist ist die Quelle aller Verwirrung.

Die nächsten Wochen verbrachte ich ebenso erleichtert wie hin- und hergerissen bezüglich der Frage, ob ich die Vatersuche weitertreiben sollte. Anke und ich sahen uns jetzt täglich, und so hatte sie sich an mein damaliges Hauptthema gewöhnen können, auch wenn ich ihre Haltung bisweilen nicht hilfreich fand. An einem Samstagabend waren wir in ein schickes Restaurant am ehemaligen Straßenstrich gegangen, der jetzt ungeheuer aufgemotzt und neubebaut daherkam. Mit Blick auf den Hafen und in toller Begleitung fand ich zielsicher zu meinem Lieblingsthema.

»Also, soll ich oder soll ich nicht?«, fragte ich zum wiederholten Mal.

»Cord, egal was ich sage und tue, du wirst es sowieso machen, da bin ich mir ganz sicher. Du wirst deinen Vater suchen und du wirst ihn finden. Ich denke, du bist der Einzige, der glaubt, dass er sich noch entscheiden kann. Du wirst – ohne Zweifel – weitersuchen. Frag Hakan und er wird dir erklären, warum das so ist. Die Frage ist eigentlich nur, warum du dich selbst und uns anderen noch länger damit auf die Nerven gehen willst?«

Ich dachte kurz darüber nach, beleidigt zu sein, und entschied mich dagegen. »Wenn ich Hakan frage, dann passiert nur wieder eine Katastrophe. Das mache ich auf keinen Fall!«

Anke nickte bestätigend. »Ich denke, da hast du Recht. Eigentlich meinte ich auch einen beliebigen Psychiater, der etwas von seinem Job versteht.«

Um uns herum war jeder Platz besetzt und der Lärm der umgebenden Gespräche verschluckte jedes Wort. Die Hintergrundgeräusche umhüllten uns wie ein Kokon, und wenn das Mithören der Unterhaltungen vom Nebentisch unmöglich wird, dann bekomme ich das angenehme Gefühl von Privatsphäre inmitten der Geborgenheit pulsierenden Lebens. Nah und fern, kontrollierbares Aufgehen in der Menge, ohne die eigene Individualität zu verlieren. Wunderbar.

Anke hatte mir zum *lauwarmen Meeresfrüchtesalat* geraten. Eigentlich ein Unding aus schierer Unentschlossenheit. Das fängt bei *lauwarm* an, das pure Entscheidungsschwäche signalisiert. Weder heiß, noch kalt. Mittelmäßiger geht es nicht. Und genauso der *Meeresfrüchtesalat*, ein Angebot, das an Zweifler und Zauderer gerichtet ist. Jeder andere weiß doch, was er haben will. Einen Hummer vielleicht, als aufschneiderische Variante für den Tierhasser, der auch qualvolle Zubereitung für ein bisschen Genuss in Kauf nimmt. Oder Muscheln für denjenigen, der an seiner Potenz zweifelt und sich etwas vorgenommen hat. Aber einfach unspezifisch Meeresfrüchtesalat bestellen und sich dann überraschen lassen, was alles darin ist, ist wohl die deutscheste aller Varianten. Zögern, zaudern und dann den Kompromiss aus Etwas-von-Allem nehmen. Doch Anke hatte den Salat eindringlich empfohlen. Und Anke hatte bei solchen Dingen immer Recht. Ich folgte also ihrem Rat und wurde angenehm überrascht.

Als ich die letzte Gabel ansetzte, beobachtete ich, wie jemand ein paar Tische weiter mit dem gleichen Gericht unzufrieden war und auf den arrogant lächelnden Kellner einredete.

»This peace of shit is not even lukewarm, lad, it's frozen!«, brüllte er so laut, dass wir es verstehen konnten.

Auch Anke sah hoch und lächelte amüsiert. Am Tisch saßen zwei gepflegt gekleidete Herren in ihren späten, besten Jahren, wobei der eine mir vage vertraut vorkam, auch wenn ich ihn nur von hinten sah. Der andere wurde jetzt noch ausfallender.

»Don't tell me this is an octopus! It's a hashed spider your fucking cook chucked on my dish."

Der Kellner lief rot, ballte seine Hände zu Fäusten und öffnete sie dann langsam wieder. Der andere Mann am Tisch, derjenige, der mir von hinten bekannt vorkam, fühlte sich aufgefordert, zu schlichten. Er erhob sich, legte dem Kellner einen Arm um die Schulter und beugte sich kurz an sein Ohr. Er flüsterte ihm etwas zu, worauf der Kellner anfing zu lachen. Dann zwinkerte er seiner Begleitung zu, hob abwehrend die Hände und sprach mit dem Unsympathen, der sich sofort entspannte. Mit sparsamen Gesten hatte er in kürzester Zeit die Situation befriedet und mir gleichzeitig gezeigt, dass ich ihn tatsächlich kannte. Ich sprang auf und ging schnellen Schrittes zu seinem Tisch, wo er mittlerweile wieder in ein Gespräch mit seinem Begleiter vertieft war.

»Schön, dich zu sehen, Roy!«, grinste ich ihn breit an und freute mich ehrlich, ihn wiedergetroffen zu haben.

Yates zog verblüfft die linke Augenbraue hoch und erhob sich dann, um mich zu umarmen. »Cord, mein Junge. Das ist aber eine nette Überraschung!«

Wir sprachen ein paar Sätze, und mit Blick auf seine Begleitung bedeutete er mir, dass sie sich eigentlich im Aufbruch befänden und er den Herren noch rasch verabschieden wolle, bevor er an unseren Tisch käme.

Anke erwartete mich schon zurück und platzte vor Neugier zu erfahren, um wen es sich bei dem smarten Herrn handelte. Doch bevor ich zu einer Erklärung ausholen konnte, stand er bereits an unserem Tisch.

»Anke, darf ich vorstellen, Roy Yates, Ex-Fürst von Sealand. Und Roy, die schöne Frau an meiner Seite ist Anke Buschkamp, meine Freundin!«, sagte ich stolz.

Anke war verblüfft. »Ex-Fürst?«

Yates grinste übers ganze Gesicht. »Nicht mehr, ihr Lieben, das ist Geschichte. Mittlerweile BIN ich wieder der Fürst von Sealand, auch wenn das mit weniger Glamour verbunden ist, als Sie jetzt womöglich glauben. Mein Fürstentum besticht weder durch Größe, noch durch Landschaft oder nennenswerte Schätze«, gab er sich ungewohnt bescheiden.

»Ach?«, fragte Anke und hatte Mühe, wieder zu ihrer sonstigen Sicherheit zu finden.

»Ja, genau. Kennen Sie Monaco?«

Nun leuchteten Ankes Augen, die sich Yates Lebensumstände in einem paradiesischen Nachbarstaat Monacos ausmalte. Sie nickte eifrig.

»Nun, dann kennen Sie womöglich auch dessen Hubschrauberlandeplatz, mitten in Monte Carlo. Ungefähr so müssen Sie sich mein Sealand vorstellen. Gleiche Größe, gleiche Vegetation, nur nicht ganz so gepflegt.«

Anke sah ihn fragend an und ich fühlte mich zu einer Erklärung genötigt. »Es handelt sich um die bekannte Seefestung vor England, die Roy vor ungefähr hundert Jahren geentert und …«

»Vorsicht, Junge!«

»… also die Roy irgendwann besetzt und zum Staat ausgerufen hat. Da hast du doch bestimmt schon davon gehört?!«

Anke nickte. »Hab ich«, sagte sie schließlich. »Sie sind ein mutiger Mann, Herr Yates.«

»Roy, bitte!« Yates beugte sich vor und sah Anke direkt in die Augen, ohne dabei aufdringlich zu wirken. Lässig berichtete er uns, was seit meiner überstürzten Abreise auf Sealand passiert war, und schilderte stolz, wie es um sein neuestes Projekt in dem Mikrostaat stand. Er endete mit dem abgesoffenen Boot und damit, dass er jetzt die Libyer am Hals hatte.

»Entschuldige Roy, aber das Boot ist doch schon länger kaputt«, brachte ich die Erinnerung an meine Strandung auf den Punkt.

»Oh, was du meinst, ist der Trawler. Ja, klar, den hast du versenkt, keine Frage. Ich meinte aber die Solarbarkasse. Auch wenn ich bis heute nicht verstehe, wie du es geschafft hast, ein mit allen elektronischen Hilfsmitteln und zwei Hochleistungsmotoren ausgestattetes Schiff auf Grund zu setzen.«

Mir wurde ungemütlich bei dem Thema. »Könnte sein, dass ich den Kartenplotter nicht an hatte.«

»Wieso das denn? Ist er etwa kaputt?«, fragte Yates. »Ohne das Ding würde ich nicht mal von einem Bein meiner Plattform zur anderen finden. Zumal in dem Zustand, in dem ich normalerweise Boot fahre.«

»Der war nicht kaputt, denke ich. Ich hab ihn überhaupt nicht ausprobiert, um ehrlich zu sein.«

Während Yates mich mit schiefgelegtem Kopf ansah und geduldig auf weitere Erklärungen wartete, fragte Anke nach meinen Beweggründen.

»Ich fand es … zu… *unnatürlich*. Ich hatte gerade beschlossen, mein Leben in die Hand zu nehmen, und dann sollte ich es schon wieder in die Verantwortung eines Automaten geben, der mir sagt, wo ich hinsoll. Das habe ich nicht über mich gebracht!«

Anke lachte laut auf, während Yates mit dem Kopf schüttelte und mir dann auf die Schulter schlug.

»Verdammt, Junge, das hätte glatt von mir sein können, als ich in deinem Alter war!«

»Nur, dass es damals noch keine elektronischen Seekarten oder GPS gab. Dafür dann allerdings Seeräuber und Windjammer …«

Yates schlug mir erneut auf die Schulter. Dieses Mal aber fester. »Ich bin dir nicht böse wegen der Havarie, auch wenn mein Partner, den du ja letztes Mal kennengelernt hast …«

»Füth? Den Abzocker-Anwalt?«

»Ich sag doch, dass du ihn kennst. Na ja, Füth meint, du schuldest uns einen Trawler. Aber ich finde das übertrieben. Das Ding läuft ja wieder im Dauereinsatz, seit es die Solarbarkasse zerrissen hat.«

Yates berichtete uns vom Untergang der Barkasse und seinem Deal mit den Libyern. Die Barkasse war in dem gigantischen Algenfeld hängengeblieben, das in letzter Zeit die Plattform umgab. Das widerliche Zeug hatte sich um die Schraube gewickelt und den antriebsschwachen Elektromotor überfordert, der sich mit einem fiesen Geräusch aus seiner aktiven Zeit verabschiedete. Ein Sturm, der ein paar Stunden später aufzog, hatte geschafft, wozu der Barkassenmotor nicht imstande war, und das führungslose Boot dann doch noch aus dem Algenteppich gerissen. Eine nachfolgende Welle drückte die Barkasse dann aber gegen die Sealander Plattform und machte das Unglück perfekt.

Yates erzählte auch von den Drohungen, die Gaddafis Stellvertreter gegen ihn ausgesprochen hatte. »Eigentlich glaube ich nicht, dass sie ernst machen. Hunde, die bellen, beißen nicht«, zitierte er dabei die beliebte Plattitüde.

»Das denke ich in diesem Fall doch!«, widersprach ich. »Lockerbie 1988, insgesamt 270 Tote beim Terroranschlag auf ein PanAm-Flugzeug. Die Beteiligung daran hat Libyen ja mittlerweile zugegeben.«

Yates lehnte sich in seinem Stuhl zurück. »Ja,

aber das war doch etwas Anderes. Der Anschlag galt dem Erzfeind USA.«

»Stimmt, aber der ursprüngliche Anlass war die Versenkung zweier libyscher Kriegsschiffe durch die Amis im Rahmen der Operation ›Prairie Fire‹ im März 1986. Auf versenkte Boote reagieren die Libyer demnach also recht ungehalten!«

Yates runzelte die Stirn. »Ich bin mir sicher, Gaddafi hat die Angelegenheit längst vergessen und abgehakt. Aber es ist auch nicht so, dass ich es gänzlich auf die leichte Schulter nehme. Das war ja schließlich der Grund, weswegen ich mich eben mit diesem etwas unerfreulichen Herrn getroffen habe. Ich tat ihm vor einiger Zeit einmal einen größeren Gefallen, als er Probleme mit dem Finanzamt hatte. Und da dachte ich, er würde sich vielleicht mit einem Gegengefallen in Form eines Kredits revanchieren wollen.«

»Das wollte er aber nicht, oder?«

»In der Tat. Am Ende hat er mich sogar die Rechnung für das Essen bezahlen lassen. Stil ist eben keine Frage des Vermögens, sondern der inneren Haltung.«

»Und nun?«, fragte Anke.

»Tja, da werde ich mir halt etwas Anderes einfallen lassen. Irgendwas geht immer!«, demonstrierte Yates seinen unerschütterlichen Optimismus.

Ich zögerte nur kurz. »Roy, ich könnte dir

wahrscheinlich aushelfen, da ich ja immer noch über einiges Geld aus dem Erbe meines Opas und meinen Grundstücksgeschäften verfüge.«

Yates nannte mir die Summe, die er brauchte, und um nicht ganz wie ein naiver Anfänger auszusehen, sagte ich ihm die Hälfte davon als Kredit zu. Als Sicherheit bot er mir den Trawler an, was ich gerne akzeptierte. Ich mochte das Schiff und wohnte schließlich in einer Stadt an einem großen Fluss am Rande zweier Meere. Was sollte da schon schiefgehen?

Güte ist durch die Erkenntnis von den Schlacken der Leidenschaft geläuterte Liebe.

Rachid Hasdari, Gaddafis PR-Mann, hatte es sich gerade richtig gemütlich gemacht und rekelte sich in einem mit warmer Eselsmilch gefüllten Jacuzzi. Seine Kosmetikberaterin hielt diese Methode für ›uuunglaublich‹ hautverjüngend und hatte ihm die Zubereitung genau erklärt. Wie ein kleiner Junge, der der Mutter seinen ersten selbstgebastelten Bogen zeigen will, fieberte er dem Eintreffen der Kosmetikerin entgegen, die er mit der perfekten Umsetzung ihrer Vorgaben beeindrucken wollte.

Die junge Kosmetikberaterin wurde von Hasdaris Hausangestellten zum Bad begleitet und schlug erschrocken die Hände vorm Gesicht zusammen, als sie ihn in der Wanne liegen sah.

»Oh mein Gott!«, quiekte sie halblaut.

»Kein Gott«, erwiderte Hasdari. »Wenn auch ähnlich gebaut, meine Liebe.« Er erhob sich aus dem Milchbad und präsentierte seinen sehnigen Körper. »Komm doch einfach hinein und pflege deinen und meinen Körper zugleich!« Dabei zwinkerte er ihr zweideutig zu und leckte sich lüstern die Lippen.

»Ich glaube nicht, dass ich in so einen Zuber

voller Kuhmilch …«

»Eselsmilch! Ich habe mich genau an deine Anweisungen gehalten, Chérie!«

»Trotzdem will ich da nicht rein. Das ist ja widerlich. Und außerdem trenne ich strikt zwischen Kunden und Liebhabern«, betonte sie mit bewundernswerter Festigkeit.

»Und das gilt auch für Kunden, die sich das Vergnügen, sagen wir mal, tausend Euro kosten lassen?«

Die Kosmetikberaterin erinnerte sich an die schrundigen Fersen der alten Vettel, der sie heute Vormittag eine Pediküre über 48,- Euro in Rechnung gestellt hatte.

»In dem Fall frage ich mich eigentlich nur, wo meine Badelatschen sind.«

Hasdari zeigte gönnerhaft auf einen Stapel in Zellophanpapier eingeschweißter Damenschlappen. »Bedien dich, Schatz. Nimm die oberste Packung!«

Während sich die Kosmetikberaterin entkleidete, rutschte Hasdari aufgeregt in der Wanne herum. Das Klingeln seines Telefons unterbrach das Vergnügen. Sein Lächeln gefror zu Eis, als er bemerkte, wer am anderen Ende der Leitung war. Sein entfernter Cousin und jetziger Arbeitgeber Muammar al-Gaddafi hatte ausgesprochen wenig – genauer gesagt – kein Vergnügen am Artikel eines britischen Glamour-Magazins gefunden, das unter der Überschrift *Die neue Dekadenz der Reichen* eine Serie in sechs Folgen gestartet hatte. Die aktuelle Folge Nr. 4 beschäftigte sich mit dem Gebaren von Öl-Despoten und insbesondere dem libyschen Herrschaftshaus. Als Beleg für die gedankenlose Ineffizienz von dessen Geldanlage wurde Gaddafis Beteiligung am Sealand-Öko-Resort angeführt und zerrissen. Wie ein fernab aller zivilen Versorgungsnetze liegender Mikrostaat von sich behaupten könne, öko zu sein, wurde gefragt. Und wo eigentlich der Müll und die Toilettenabfälle entsorgt würden und wieso man den Meeresboden mit einer gesunkenen Solarbarkasse belasten dürfe, ohne erkennbare Bergungsbemühungen zu starten. Schließlich würden sich in ihr, trotz des Solarantriebes, jede Menge Schmier- und Giftstoffe befinden, die nun langsam ins Meer sickern würden. Alles in allem war Gaddafi als kopflose Witzfigur dargestellt worden, dessen Bemühungen um öffentliche Aufmerksamkeit genauso peinlich wie nutzlos waren.

Der libysche Staatschef war wegen dieser Angelegenheit so angefressen, dass er nur darauf wartete, irgendjemand würde ihm mit der blöden Bemerkung kommen, dass schlechte Presse immer noch besser sei als gar keine Presse. Wütend berichtete er seinem Cousin von dem Zeitungsbericht. Nachdem der seinen ersten Schrecken verdaut hatte, lehnte er sich in der Wanne zurück und ließ sich etwas tiefer in die Eselsmilch gleiten. »Ach, weißt du, Mua, schlechte Presse ist doch besser als gar keine Presse, oder?«

Das einsetzende Gebrüll ließ Hasdari aus der Wanne hochfahren und verschaffte der Kosmetikberaterin einen weiteren Überblick über die Bestandteile ihrer bevorstehenden Arbeit.

»Jawohl, Muammar!«, sprach Hasdari jetzt zackig in den Hörer und hob reflexartig die Hand zum Gruß. »Natürlich bist du keine Witzfigur … Ich werde mich darum kümmern, so wie du es wünscht … Sei dir versichert, ich werde dir seinen Kopf auf einem Silbertab… Was? … Ach ja, natürlich, du hasst Silber … Ja, also werde ich dir seinen Kopf auf einem goldenen Tablett servieren … Überlass alles mir …«

So ging das noch eine Weile weiter, bis endlich der Hörer aufgelegt und Hasdari wieder in die Wanne zurückgesackt war. Die Kosmetikberaterin sah ihn fragend an.

»Geh weg, ich brauch dich hier nicht mehr. Ich muss arbeiten!«

»Und die tausend Euro?«, fragte sie verärgert.

»Bist du nicht ganz dicht? Hau ab, bevor ich mich vergesse. Die Badelatschen kannst du behalten. Und jetzt raus hier!«

Die Kosmetikberaterin verschwand mit knallenden Türen und hochgerecktem Kinn. Alles in allem, der Abgang einer Diva, wie sie mit Reststolz befand.

›Was für ein Bauerntrampel‹, dachte Hasdari dagegen, mit einem letzten Blick auf ihre stampfenden Waden, während er noch tiefer in die Wanne sackte. Als nur noch seine Nase aus der warmen Eselsmilch ragte, war von der Angst vor seinem Cousin Gaddafi nichts geblieben. Er bestand jetzt ganz und gar aus Wut auf den verdammten Idioten, der ihn in diese Lage gebracht hatte. Dieser Idiot, Yates, würde dafür bezahlen. Und das in einer Währung, die man in keiner Bank einzahlen konnte …

Schnickschnack

Im Polizeikommissariat packte Kommissar Stanitzki gerade seine Frühstücksstulle aus der Tupperbox. Feinbrot mit Salami. Polizistenfrühstück. Ohne Gurke, Salat und Körner. Nur grau mit rotem Belag, ohne jeden Schnickschnack.

Wie so oft klingelte das Telefon just in dem Moment, als Stanitzki den ersten Bissen im Mund hatte. »Ffanipfki, Feferat fü Anerkennungen und …«, spuckte er sein Frühstücksbrot in die Sprechmuschel.

»Guten Morgen Stanitzki, neue Zähne bekommen?«, antwortete ich voller Mitgefühl.

»Nee, nur Brot im Mund. Ist aber schon weg. Andreesen, ich hab Neuigkeiten für Sie.«

»Das trifft sich gut. Genau deswegen rufe ich nämlich an. Der erste Vater hat sich nämlich als Blindgänger erwiesen. Charakterlich und biologisch, wenn Sie verstehen, was ich meine.«

Stanitzki machte ein unschönes Geräusch, als er sich einen Krümel aus einer Zahnspalte sog. »Ich denke schon, ja. Ist aber auch egal, weil ich bereits den Namen und derzeitigen Aufenthaltsort Ihres nächsten Vaters ermittelt habe.«

»Sie sind ein Teufelskerl!«, brachte ich meine ehrliche Einschätzung zum Ausdruck. Stanitzki passierte es nicht allzu oft, dass er gelobt wurde, und so wand er sich genauso geschmeichelt wie unbehaglich.

»Ach was, ich hab nur meinen Job gemacht, sonst nichts. Der Mann heißt Jens Kolodzyk, wohnt und arbeitet am Westensee in der Nähe von Kiel und scheint einer von diesen Esoterik-Spinnern zu sein.«

»Wie meinen Sie?«

»Ja, er arbeitet für den sogenannten Buddhas Buddies Freundeskreis im ›Zentrum des Friedens und der Weisheit‹ oder so ähnlich. Ausgeflippt, wenn Sie mich fragen. Sonst ist aber nichts über ihn bekannt. Also keine Vorstrafen oder so.«

Ich dachte darüber nach, ob wohl jeder Bekannte eines Polizeibeamten so einfach an vertrauliche Daten herankäme. Unschöner Gedanke. Ich dankte Stanitzki artig, ließ mir den genannten Namen sicherheitshalber noch einmal buchstabieren, notierte die Anschrift und legte dann den Hörer auf. Danach schloss ich die Augen, atmete tief ein und versuchte mich auf die erhaltenen Informationen zu konzentrieren. Papa II stand mir bevor, bzw. Papa III, wenn ich meinen verstorbenen Ziehvater mitzählte. Und ein Buddhist sollte er sein. Pfeifend stieß ich die Luft aus und schrieb über den Zettel mit den eben erhaltenen Daten ›*Papa Siddharta*‹.

Mein nächster Anruf galt Hakan, den ich wegen seiner Teilnahme an einigen Seminaren für einen

Experten in Sachen Buddhismus hielt. Ich erläuterte ihm die Situation und sprach ihn auf seine Erfahrungen an.

»Mensch Cord, ich bin doch kein Buddhist!«, gab er sich entsetzt über meine Einschätzung.

»Aber du machst doch dauernd diese Kurse?«

»Quatsch, die hab ich nur gemacht, als ich noch mit Simone zusammen war, die das wichtig fand. Du erinnerst dich doch noch an Simone, oder?«

»Logo. Klein und fahrig, dabei immer etwas übermotiviert. Simone eben, der schulmeisterliche Typ«, fasste ich meine Erinnerung zusammen.

»Ich habe sie zwar anders in Erinnerung, aber ich denke, du meinst dieselbe. Trotzdem bin ich kein Buddhist. Ich bin Moslem und schon da nur geburtsmäßig reingeschliddert und ohne rechten Eifer. Streng genommen bin ich religionslos, so wie du auch. Aber natürlich kenne ich mich mittlerweile ein bisschen aus mit dem Buddhismus. Ich kann gerne für dich recherchieren über den Buddhas Buddies Freundeskreis. Ich melde mich, wenn ich was weiß, okay?«

Der Weise formt sich selbst.

Im *Zentrum des Friedens und der Weisheit* saßen Jens Kolodzyk und Verwaltungsratschef Uwe Herkanth ratlos über die Entwürfe der neuen Werbekampagne gebeugt. Eine Kampagne, die Kolodzyk ersonnen hatte, um den beängstigenden Mitgliederschwund des Buddhas Buddies Freundeskreises zu begegnen.

»Ich habe ein neues Mandala für uns entworfen, das auf ganz neue Art die Dreidimensionalität des Geistigen ausdrückt und …«

»Ach Jens, geht's nicht ein bisschen … weltlicher?«

»Nee, geht es nicht, blöder Erbsenzähler. Jetzt guck doch mal, wie ich die Vielfachen der *vier edlen Wahrheiten* an den Rändern gestaltet habe.«

Verwaltungsratschef Uwe Herkanth rollte mit den Augen. Was für eine dumme Idee, einem Haufen Esoterikspinnern die Grundfunktionen solider Geschäftsführung einbläuen zu wollen. Er hätte das Amt nie annehmen dürfen, dachte er. Allerdings wäre er dann auch niemals als Liebhaber für Ayya Ashoka, im bürgerlichen Leben Simone Meidlinger, in Frage gekommen, für die der Begriff *ultraorthodoxe Buddhistin* erfunden werden müsste.

»Wir brauchen kein neues Mandala, sondern ein neues Kursprogramm, einen großzügigen

Spender oder ein Wunder, um unseren Verein am Leben zu halten. Am besten alles drei zugleich!«

Kolodzyk wirkte genervt. »Deswegen habe ich ja zusätzlich ein neues Kursprogramm unter dem Namen *Cittamanitara-Klausur mit Feuerpuja* geplant.«

Uwe Herkanth hatte Zweifel. »Ach, ICH weiß nicht. ICH kann mir nicht vorstellen, dass …«

»ICH, ICH, ICH, du solltest dich einmal hören. Uwe, du musst deine unselige Ich-Anhaftung verlieren. Wie willst du jemals die Grenze zwischen Körper-Identifikation und Raumerfahrung überwinden?«

Uwe sah ein, dass er erst einmal einlenken musste, um zu einem Ergebnis zu kommen. »Na gut, also worum geht es dabei?«

Kolodzyk räusperte sich selbstzufrieden. »Nun, wir widmen uns in fünf Sitzungen täglich der Cittamanitara-Meditation anhand des langen Sadhanas. Dabei wird jeder Seminarist mindestens einhunderttausend Tara-Mantras ansammeln. Mit einer abschließenden Feuerpuja reinigen wir uns anschließend von Fehlern, die während der Klausur passieren. Super, oder?«

Uwe schluckte schwer. »Bisschen unverdaulich, um neues Publikum anzuziehen, findest du nicht?«

Das versetzte Kolodzyk in Rage. »Natürlich ist das kein Spaziergang. Wieso auch? Wir sind hier schließlich ein Buddhismus-Zentrum und kein Produktionsstudio für Unterschichten-Fernsehen!«

Uwe wagte einen letzten Versuch der Gegenwehr. »Wir sind ein Buddhismus-Zentrum *in Liquidation*, wenn wir jetzt nicht das Ruder herumreißen. Es hatte einen Grund, warum ich den Arbeitstitel *sinnlicher Buddhismus* dafür wählte. Plastisch und unseren grundsätzlichen Zielen verpflichtet. Wir brauchen Aufmerksamkeit und neue Unterstützer oder das Zentrum und der ganze Buddhas Buddies Freundeskreis sind Geschichte!«

»So schlimm?«, fragte Kolodzyk nun doch ein wenig eingeschüchtert.

»Schlimmer. Eigentlich hätte ich dir schon lange kündigen müssen!«

Wenn dies ist, dann ist jenes

Ein Hakan-Anruf der aufgeregten Art ist nichts, was man in einem belebten Café entgegennehmen möchte. Hakans Erzählfluss und der Schwall umgebender Gespräche schaukeln sich dabei beängstigend hoch, bis einem der Kopf zu explodieren scheint.

Dieser Anruf mit der sich stetig höher schraubenden Lautstärke war aber ausnahmsweise so interessant, dass ich mich um innere Balance bemühte. Ein unangenehmer Spagat, besonders, da Hakan ständig nachfragte, ob ich auch wirklich alles mitbekommen hätte und warum ich mich nicht freuen würde. *Weil ich seine Einschätzung nicht teilte* oder *weil ich es für eine bekloppte Idee hielt*, war keine Antwort, die er gelten ließ, auch, wenn es genauso war.

Hakan hatte im Zentrum des Friedens und der Weisheit angerufen und sich mit Jens Kolodzyk, meinem Papa Siddharta, verbinden lassen. Eigentlich wollte er nur ausloten, was Papa Siddharta in dem Verein machte und ob er das, was er machte, souverän und kompetent tat.

Hakan hatte sich keinen Plan für das Gespräch zurechtgelegt, sondern auf sein Gespür vertraut. Es dauerte dann auch keine fünf Minuten, da hatte Kolodzyk Hakan die Teilnahme an einem Seminar aufgeschwatzt. Kolodzyk bemühte sich, den Vorgaben seines Verwaltungsrates nahezukommen, und hatte das Seminar *Verse zum Aufatmen – ein Diskurs über die Texte der Sammlung Udána* genannt. Das klang schon recht weltlich, fand er. Hakan wiederum fand, dass das nach weitschweifigen Diskussionen und kritischer Auseinandersetzung mit anderen Seminarteilnehmern klang und damit genau sein Ding war. Kolodzyk holte ihn auf den Boden zurück.

»Wir unterscheiden hier sorgfältig zwischen den Begriffen Diskurs und Diskussion, Herr Yüziak. Diese überschneiden sich zwar umgangssprachlich, dabei wird aber der Bedeutungsaspekt des Diskurses ignoriert, Realität zu stiften.«

»Wie bitte?«, fragte Hakan nach einer längeren Pause.

»Ja, der Diskurs stellt einen Sinnzusammenhang her, der sich nicht in Frage stellen lässt, anders als eine Diskussion. Die Weisheiten des Buddhas und des Pálikanons sind absolut und dem Wahrheitssuchenden zugänglich. Sie sind aus Sicht unseres Zentrums aber nicht interpretierbar und können definitionsgemäß nicht Grundlage einer Diskussion sein. Wir, das Zentrum des Friedens und der Weisheit, möchten Sie in diesem Seminar also nicht überzeugen, sondern Ihnen einen Zugang zum Suttapitaka öffnen.«

»Suttapitacker?«

»*Suttapitaka*, Der Korb der Lehrtexte. Das ist der

Teil des *Tipitaka*, der die Reden und Gespräche des Erleuchteten enthält.«

»Bringt wohl nichts, Sie nach dem *Titikaka* zu fragen, oder?«, resignierte Hakan. »Das ist nicht zufällig, dieser See in Peru?«

»*Tipitaka*, Herr Yüziak, nicht *Titikaka*. Das bedeutet Dreikorb, und den Grund dafür erläutere ich Ihnen gerne in unserem Seminar. Ach, und was den Titikaka betrifft, so liegt der auch nicht in Peru, sondern in den Anden, genau gesagt, zwischen Peru und Bolivien.«

»Sie sind ein Klugscheißer, Herr Koldzyk!«, erwiderte Hakan mit einem Lachen.

»Ich weiß, aber dafür werde ich bezahlt«, entgegnete Kolodzyk und bewies damit zumindest Resthumor.

Die Suche nach einer originellen Schlussbemerkung erinnerte Hakan an den eigentlichen Grund seines Anrufes. Es ging um mich, und irgendwie musste er das abebbende Gespräch um diesen Aspekt anreichern. »Ach, Herr Koldzyk., was ich noch sagen wollte… Ich würde gerne jemanden zum Seminar mitbringen, der, obwohl er definitiv kein Erleuchteter ist, doch etwas in ihnen bewegen wird!«

»Jeder Suchende ist uns herzlich willkommen.«, erwiderte Kolodzyk professionell.

»Ja, aber wir sollten uns genügend Zeit einräumen, einen Diskurs über ihre Vaterschaft zu führen. Also darüber, dass Sie sein Vater sind!«

Koldzyk stockte der Atem. »Diskurs über meine Vaterschaft, ich wüsste nicht ...«

»Ja, genau. So formuliert, erzeugen die Worte doch eine Realität, die man nicht diskutieren, sondern bestenfalls auf ihren Wahrheitsgehalt untersuchen kann – mit ihren Worten also ein Diskurs!«

»Ich verstehe immer noch nicht, was ...«

»Ich denke, das klären wir dann vor Ort, Meister«, erwiderte Hakan fröhlich und legte kurzentschlossen auf.

***

»Das ist ein Scheißsee!«, schimpfte Verwaltungsratschef Uwe Herkanth und wies mit dem Zeigefinger auf das leuchtende Blau des Westensees. Hakan und ich genossen dagegen die sonnige und warme Atmosphäre des Seminarraumes und den Ausblick auf die schimmernde Oberfläche des Sees. Ich wusste nicht allzu viel über Buddhismus, aber Jammern und Klagen gehörten meiner Meinung nach nicht dazu. Eher lächelndes Ertragen.

Uwe Herkanth hatte mal wieder einen schlechten Tag und langsam fragte er sich, wie viele gute Tage es in seinem Leben überhaupt gegeben hatte und auch, ob das Verhältnis zwischen guten und schlechten Tagen noch einigermaßen ausgewogen war. Ayya Ashoka hatte ihn soeben verlassen, weil seine mangelnde Spiritualität negativ auf ihre eigene Aura wirken würde. Er war ihr in der Suche nach Wahrheit nicht radikal genug, womit sie zweifellos richtig lag, dabei aber vergaß, dass einem Verwaltungsratsvorstand und Buchhalter Spiritualität und kreative Gelassenheit nicht gerade in die Wiege gelegt sind.

Papa Siddharta erklärte uns, dass er diese Ansicht für ganz und gar falsch hielt und ein Buchhalter, ganz im Gegenteil, so etwas, wie ein idealer Buddhist sei. Ich konnte mir das nicht vorstellen.

»Als Buchhalter bist du auf der Suche nach Wahrheit. Nach der reinen Erkenntnis, die sich im Buddhismus aus dir selbst ergibt und in der Buchhaltung – ebenso unumstößlich – aus den Zahlen. Der Weg der Erkenntnis ist in beiden Fällen langwierig und erfordert höchste Konzentration. Doch am Ende liegt die größte Erhabenheit im Finden.«

»Aber Herr Herkanth scheint ein richtiger Pessimist zu sein, der pausenlos sein Leid klagt«, bemerkte Hakan, den die Erläuterung nicht zufriedenstellte.

»Mein lieber Hakan, Leiden ist ein zentraler Begriff buddhistischer Existenzerfahrung und eine wichtige Konstante unseres Daseins in einer Welt, in der nichts Bestand hat oder bewahrt werden kann. Leiden ist nicht nur Schmerz und Angst, sondern Teil unseres selbst geschaffenen Wesens und Ausdruck der karmischen Gebundenheit. Leiden ist das grundlegende Charakteristikum einer jeden Existenz, denn in allem, was entsteht und sich vollzieht, ist das Ende immer schon angelegt. Unbeständigkeit, Vergänglichkeit, Wesenlosigkeit sind die Merkmale, die allem Dasein anhaften.«

»Du meinst, Buddhismus ist von Haus aus pessimistisch?«, fragte ich zweifelnd.

»Wenn du Leiden als negative Erfahrung siehst, dann ja. Für uns ist das Leiden aber eine dem Leben immanente Tatsache. Ein neutrales Naturgesetz. Es ist damit weder positiv noch negativ. Leidvoll ist nur, sich von vergänglichen Dingen und Zuständen vereinnahmen zu lassen!«

»So, wie Verwaltungsrat Herkanth, der seine Beziehung mit Frau Ashoka für dauerhaft hielt?«

»Uwe ist den Erlösungsweg noch längst nicht zu Ende gegangen. Wenn ein Mensch ein Buddha würde, einzig indem er in Meditation säße, dann wären alle Frösche längst Buddhas.«

Papa redete gerne in Rätseln, wie mir schon aufgefallen war ...

***

Wir waren erst eine Stunde nach dem geplanten Seminarbeginn durch das schmiedeeiserne Tor der gewundenen Einfahrt in Richtung der ehemaligen Stallungen gefahren, die jetzt das Zentrum des Friedens und der Weisheit beherbergten. Die Fahrt war kompliziert, weil Hakan sich partout nicht ausreden ließ, schon mal ein *bisschen Buddhismus* zu üben. Ich hatte vor einiger Zeit den Fehler begangen, ihm von meiner Strandung mit dem Sealand-Trawler zu erzählen und auch davon, dass ich dabei bewusst auf den Seekartenplotter verzichtet hatte.

»Die Wahrheit liegt in dir!«, meinte er jetzt. »Mach es so wie damals und lass dein Innerstes die Führung übernehmen. Du wirst sehen, dass wir auch ohne den elektronischen Schnickschnack ankommen werden.«

»Daran zweifele ich auch gar nicht, ich glaube nur nicht, dass das im Zentrum des Friedens und der Weisheit sein wird!«

Zum Glück hatte ich eine grobe Erinnerung an das, was ich mir zuvor auf der Landkarte angesehen hatte, weshalb ich wusste, welche Richtung wir einschlagen mussten. Ortsnamen wie Bönebüttel, Groß- und Kleinharrie oder Rumohr waren dabei aber nicht hängengeblieben. Und schon gar nicht, ob wir in Schmalstede links oder rechts abbiegen mussten. Hier galt es, eine Entscheidung unter höchstem Zeitdruck zu treffen, weil der Ort in normaler Geschwindigkeit innerhalb von sieben Sekunden durchfahren war und es kein Anhalten auf dem Weg der Erleuchtung gab, wie Hakan beschlossen hatte. Notgedrungen fuhren wir geradeaus und damit in die falsche Richtung, bis es irgendwann auch ihm zu blöd wurde und wir das Navigationsgerät einschalteten. Die männliche Ansagestimme hatte einen fiesen *Hättet-wohl-besser-gleich-auf-mich-gehört-Unterton*, wie er Männern häufig zu eigen ist. Nach der dritten Durchsage schlug Hakan kräftig auf das Gehäuse.

»Klappe, Streber!«

Das Gerät zeigte einen schwarzen Schirm und machte keinen Mucks mehr.

»Ja, klar, ein bisschen Kritik und schon bist du beleidigt! Typisch für selbstverliebte Klugscheißer!«, fuhr Hakan das Gerät an.

»Ich kann mir nicht vorstellen, dass Beschimpfungen helfen. Versuch's mit Betteln!«

»Etwas mehr Selbstachtung, bitte«, rüffelte mich Hakan. »Es gibt immer eine Lösung. Wir könnten zum Beispiel jemanden fragen."

Mit quietschenden Reifen und schlingerndem Wagen kamen wir zum Stehen, als Hakan am Straßenrande einen schrumpeligen Landmann ausmachte, der sich in bäuerlicher Kluft mühsam die Straße entlangschleppte. Wir hielten kurz vor ihm an und stiegen aus dem Wagen, um es gar nicht erst zu dem kommen zu lassen, was Hakan die *überhebliche Geste automobiler Audienzen* nannte und was nichts anderes als Fenster-zu-Fußgänger-Kommunikation bedeutete. Ich hatte mir angewöhnt, ihm in solchen Dingen eine lange Leine zu lassen, um endlose Diskussionen zu vermeiden.

Der Bauer war geschätzte fünfundsiebzig Jahre alt und sah aus, als würde ihn die Existenz unseres motorisierten Selbstbewegers verblüffen. Niemals würde er einen Ort kennenlernen, der mehr als fünfzehn Kilometer von seinem Heimatort entfernt war.

»Wir suchen das Zentrum des Friedens und der …«

»… Weisheit«, ergänzte der Bauer. »Ihr seid auf dem Pfad der Erleuchtung?«

»Äh, ja, nur haben wir uns auf diesem Weg verfahren, fürchte ich.«

Der Bauer schmunzelte und zog an der kalten Pfeife, die er im rechten Mundwinkel hielt. »Ach, ihr jungen Leute glaubt doch ständig Abkürzungen nehmen zu können und steht dann hilflos vor den Resultaten. Erleuchtung ist ohne Anstrengung nicht zu haben. Man muss den ganzen Weg gehen und findet keinen spirituellen Supermarkt. Am besten, ihr fahrt nach Hause in die Stadt zurück!«

Wir sahen uns ratlos an und Hakan rollte gequält mit den Augen. Der Alte lächelte geduldig dazu.

»Das ist sicher ein lieb gemeinter Rat«, richtete ich mich an ihn. »Und ich denke, Sie kennen Jens Kolodzyk und das buddhistische Zentrum, wo doch ihre Formulierungen direkt aus dessen Seminarraum kommen könnten. Und trotzdem werde ich nicht auf Ihren Rat hören, weil Herr Kolodzyk nicht nur mein Lehrer ist, sondern mein Vater!«

Der Bauer wischte mit dem Ärmelrücken unter seiner Nase entlang und begutachtete sorgfältig das Ergebnis. Darauf hob er seine Augen, fixierte mich mit festem Blick und erwiderte: »Er ist auch mein Lehrer, so wie er mein Vater ist. Und mein Bruder, meine Schwester und mein Feld!«

Hakan zuckte mit den Schultern und beschloss, den Alten nicht länger als brauchbare Quelle für eine Wegbeschreibung zu betrachten.

»Können wir Sie vielleicht irgendwo mit hinnehmen?«, fragte er aus angeborener Höflichkeit.

»Oh ja, das wäre schön. Wir könnten zusammen ins Zentrum des Friedens und der Weisheit fahren. Ich habe da einen Termin für ein Einzelretreat im Gottheitenyoga!«

Wir verfrachteten den alten Mann auf den Beifahrersitz, während ich mich in den engen Wagenfonds fädelte. Es vergingen zwanzig schweigende Minuten, die der Bauer lächelnd vor sich hinstarrte, bis es Hakan nicht mehr aushielt:

»Und wie wird man so buddhistischer Landwirt?«

Der Alte schwieg weitere dreißig Sekunden und antwortete mit nach vorne gerichtetem Blick: »Nicht anders, als man türkischer Psychiater wird, denke ich.«

Hakan drehte sich verblüfft zu mir um. »Scheiße, woher weiß der das?!«

Ich war genauso ratlos. »CIA?«

»Quatsch!«

»Dann frag ihn doch selbst!«

Der Alte lächelte noch immer undurchdringlich, als Hakan genau das tat. »Sie können in mir lesen?«

»Nö, kein Stück. Das würde ich auch nicht wollen. Aber da liegt eine Visitenkarte auf dem Handschuhfach und ich dachte, das wird wohl Ihre sein.«

Den Rest der Fahrt verbrachten wir schweigend, nur gelegentlich durchbrochen vom Gegiggel des Alten, der spät und mit ruckartigen Handbewegungen auf Abbiegungen deutete, die wir nehmen sollten, und sich diebisch freute, wenn das Auto dabei ins Schleudern geriet. Zum Glück war Hakan ein besserer Autofahrer als Psychologe, und so kamen wir unbeschadet an das Tor des buddhistischen Zentrums.

Wir parkten den Wagen, verabschiedeten uns von unserem Fahrgast und schleppten unsere Taschen zum Empfangsbüro, wo Jens Koldzyk, mein Papa Siddharta, persönlich auf uns wartete. Ich erkannte ihn sofort, weil ich auf der Webseite des Zentrums nach ihm geforscht hatte. Das Foto dort war wohl etwas älter, denn hier und jetzt hatte er deutlich weniger Haare auf dem Kopf. Ich war unsicher, wie ich mich verhalten sollte, bis Hakan mich anstieß und flüsterte: »Na los, nimm ihn in den Arm. Er weiß es schon ...«

Ich ging auf Kolodzyk zu und drückte ihn unbeholfen. Er roch nach Mottenkugeln und Talg, dem traditionellen Alte-Leute-Gemisch, obwohl er kaum älter als Mitte fünfzig sein konnte. Kolodzyk schob mich sanft von sich und sah mir fest in die Augen. Eine emotionale, tiefgehende Botschaft kündigte sich an und ich hielt seinem Blick mit großem Ernst stand.

»Der Erhabene sprach unter dem Bodhibaum: *Durch Berührung bedingt ist Gefühl; durch Gefühl bedingt ist Durst.* Insofern: Was wollt ihr trinken, Jungs?«

Ich brauchte einen Moment, um meine Enttäuschung zu verbergen. Hakan dagegen sah erfreut aus.

»Echte Getränke oder so Larifari-Zeug?«

»Nun, wir haben Matcha, Putuo oder Kombucha-Grüntee.«

Das enttäuschte Hakan. »Dachte ich mir schon. Gibt es auch Kaffee oder ist das nichts für euch ... also uns?«

»Doch, Kaffee ist okay. wenn auch nicht so förderlich wie Tee und auch nur, wenn er achtsam konsumiert wird.«

»Achtsam?«

»Klar. Herkunftsländer und Fair-Trade-Siegel beachten und so. Wir wollen doch keine indonesischen Kleinbauern ausbeuten!«

Mittlerweile hatte ich mich gesammelt. »Ich nehme auch lieber einen Matcha-Tee aus einer indischen Großplantage, bitte.«

Kolodzyk strahlte mich an. »Gute Wahl, Sohn!«

Ich strahlte zurück, auch wenn die Sohn-Beifügung kaum mehr als ein Lapsus war und einem spirituellen Lehrermeister als übliche Anrede für alle Schüler galt. Immerhin hatte er es zum ersten Mal gesagt:

Sohn!

***

Unsere Unterkunft war klein, hatte Etagenbetten, eine Vier-Personen-Belegung und wurde nach Männern und Frauen geteilt. Ich korrigierte mein Vorurteil, dass Buddhismus weniger spießig sein würde als die Staatskirchen.

Unsere Zimmergenossen waren früher als wir angereist und hielten die beiden unteren Betten besetzt. Und obwohl ich es nicht anders gemacht hätte, waren sie mir damit gleich unsympathisch. Ihre bedeutungsschwere Kleidung, ihre auf Funktionalität getrimmten Frisuren und ihr Habitus überlegener Spiritualität stießen mich zusätzlich ab. Hakan war mal wieder einen Schritt weiter und hatte sich mit den Umständen arrangiert.

»Cord, hast du meine Slipeinlagen in deiner Tasche?«

»Nein, warum sollte ich? Du musst schon selbst dran denken, wenn du eine Nierenentzündung hast!«

»Ja, scheiße, stell es doch gleich ins Internet!«

Unsere Mitbewohner sahen uns mitleidig an, bevor der noch unsympathischere der beiden antwortete. »Schlechter Versuch, Leute. Ich behalte meinen Platz im unteren Bett!«

Der andere nickte zustimmend, grinste mich frech an und verspielte damit seinen Restkredit.

»Nur dass du es weißt, Ghandi, ich an deiner Stelle würde eine unruhige Nacht verbringen. Du kannst mich heute gerne beobachten und dabei feststellen, dass es keine fünfzehn Minuten geben wird, in denen ich ohne Becher mit ›Matschtee‹ sein werde. Und sicher nicht ein einziges Mal, wo ich auf Toilette gehe. Dies sei mein Schwur!«

Der Wichtigtuer schüttelte den Kopf. »Spinner!«

Hakan, der professionelle Konfliktlöser und Menschenfreund machte eine wegwerfende Handbewegung. »Lass doch die Jungs in Ruhe, Cord, die haben es sicher schwer genug!«

Er setzte sich an den schlichten Holztisch und zog ein paar fies aussehende Brotstullen aus seiner

Tasche, sauber eingeschweißt in Klarsichtfolie, aber von einer Farbe und Konsistenz, dass sie von Kommissar Stanitzki handgefertigt hätten sein konnten. Ich würde Stanitzki nächstes Mal fragen, ob er einem Nebenberuf nachging.

»Möchte einer von euch ein Stück?«, bot Hakan der Runde die Brotstullen an und fügte hinzu: »Sehen wir es als Möglichkeit, noch mal neu anzufangen!«

Das Unerwartete geschah und die beiden Unsympathen bedienten sich. Dann nickten sie Hakan aufgeräumt zu und stellten sich vor. Christoph mit ›ch‹ und ›ph‹ und Wolfgang ohne Beides. Das würde ich mir nicht lange merken können oder wollen. Streng genommen hatte ich es schon wieder vergessen. Und zum Glück war es auch überhaupt nicht nötig, da die beiden den überwiegenden Teil unseres Kurses auf der Toilette verbringen sollten, um dort die akute Salmonellenvergiftung auszusitzen, die Hakans Brote ihnen beschert hatte.

»Woher wusstest du das mit den Broten?«, fragte ich ihn später, nachdem die zwei wieder gemeinsam auf die Toilette verschwunden waren.

Hakan grinste stolz. »Das ist nicht mein erstes Buddhismus-Seminar und bei jeder der Veranstaltungen gab es mindestens einen Christoph mit ›ph‹. Deshalb hab ich heute morgen vor der Abfahrt eine Stulle beim Türken an der Ecke gekauft und …«

»Nur weil er Türke ist, gehst du davon aus, dass er es mit der Lebensmittelhygiene locker angeht?!«

»Quatsch! Aber ich lese Stadtteilzeitungen und weiß, dass der Laden schon zweimal wegen so etwas stillgelegt wurde. Nicht jeder meiner Brüder ist ein aufgeklärter Europäer, so wie nicht jeder Deutsche ein Nazi ist. Und der Typ … na ja, so genau willst du es nicht wissen. Aber ich hab den noch nie Müll rausbringen sehen! Der schmeißt absolut nichts weg, was man mit ein bisschen Tuning noch an den Mann bringen könnte!«

Ich grübelte darüber nach, und als mir auffiel, dass er mich mit der Aktion genauso hätte treffen können, sprach ich Hakan darauf an. »Wie war dein Plan, wenn ich ein Stück genommen hätte?«

Hakan hob entwaffnend seine Hände. »Cord, du kennst mich … Welcher Plan?«

Das war ernüchternd. »Also, ich finde es schon einigermaßen planvoll, bereits in Hamburg ein salmonellenverseuchtes Sandwich zu kaufen, um es hier im Nirgendwo einem möglicherweise auftauchenden Wichtigtuer …«

Hakan unterbrach mich »Sicher auftauchendem Wichtigtuer, denk an meine Worte!«

»Wie dem auch sei. Ich finde es komisch, dass du dann keinen weiteren Plan gehabt haben willst.«

Hakan verschränkte die Hände hinter dem Kopf. »Komplexe Pläne bringen nichts, weil sowieso immer etwas dazwischenkommt. Ich bin seit jeher mehr für Teilplanung und Improvisation.«

Das befriedigte mich nicht. »Und wie hätte die Improvisation in meinem Fall ausgesehen?«, fragte ich.

Hakan zog einen Streifen mit Kohletabletten aus seiner Jackentasche. »So, denke ich!«

***

Wir verbliebenen Seminaristen – drei Frauen und zwei weitere Männer – trafen uns im Übungsraum, um den weiteren Ablauf des Kurses zu besprechen. Die folgenden beiden Tage sollten mit einer Morgen-Puja um sechs Uhr morgens beginnen. Hieran würde sich ein schweigend eingenommenes Frühstück anschließen, was vor allem für den schwatzhaften Hakan herausfordernd war. Darauf sollten Lehrrede, Meditation und eigene Kontemplation folgen und in ein gemeinsames Mittagsessen münden. Im Anschluss dann Ruhe oder Dokusan nach Wunsch, dann wieder Lehrrede, Meditation und Abend-Puja. Dann Abendessen und Schlafen, also *stille Meditation*.

Papa Siddharta führte aus, dass wir uns in eine reine Sammlung des Geistes und des Seins begeben würden. Wir würden die Ruhe und den Frieden in uns üben und das Leben im Jetzt und in uns selbst in der vollen Energie unseres physischen Seins. Ich fand das ambitioniert, wo ich mich nicht einmal auf seine jetzigen Worte konzentrieren konnte, sondern pausenlos daran dachte, ihn mit seiner Vaterschaft zu konfrontieren. Kolodzyk hatte ganz andere Vorstellungen:

»Gemeinsam schauen wir auf die wesentlichen Dinge, die uns Liebe entdecken lassen. Durch Lehrreden, Geh- und Sitzmeditation, in Introspektion und in Kontemplation nähern wir uns dem Licht des klaren, freien Bewusstseins.«

Los ging es mit der Puja. Und was sich nach einem fruchtigen und leicht alkoholhaltigen Kaltgetränk anhört, dient in Wahrheit der Verehrung des Göttlichen in Form einer Statue, einem Krug Wasser oder, in unsrem Falle, dem Sri Yantra.

Yantras sind Darstellungen geometrischer Figuren mit ausgeklügelten Nah- und Tiefenperspektiven, die einen gleichzeitig ansaugen und ausspeien. Dieses Hin und Her vertieft die Konzentration ohne eigenes Zutun und befördert unser meditatives (Un-)Bewusstsein. Unser Yantra, das Sri Yantra, verkörperte die Gottheit Shiva und dessen Gegenpart Shakti, was Papa Siddharta wichtig genug war, näher zu erläutern. Nicht das Bild sollten wir verehren, sondern das form- und körperlose Höchste darin. Wir lernten, mit Mantren und Mudras, bestimmten Fingerstellungen und Gesten, Shiva darum zu bitten, im Bildnis anwesend zu sein, ihm symbolisch Wasser und Platz anzubieten und auch sonst wohlgefällig zu sein.

Nach ein wenig Übung fand ich es überraschend angenehm, mich vollständig von mir selbst lösen zu können und meine Konzentration auf Anderes zu richten als meine eigene Unzufriedenheit. Papa und sein Seminar bescherten mir tiefe Ruhe und Gelassenheit, die es unmöglich machte, eine banale Verwandschaftsfrage zu klären. Hier ging es um nichts weniger als den kosmischen Zusammenhalt. Und ich sollte ihm mit einem vorwurfsvollen ›*Warum hast du dich nicht um mich gekümmert*‹ kommen?

Mit jeder Übungseinheit verlor sich die Dringlichkeit meines Anliegens und es bedurfte Hakans Drucks, mich endlich mit Kolodzyk zu einem Vater-Sohn-Gespräch zu verabreden.

Am zweiten Seminartag war es so weit. Direkt nach dem Mittagessen sollte ich mich zu einem Gespräch in Jens Kolodzyks Wohnung auf dem Gelände des Zentrums des Friedens und der Weisheit einfinden. Die Wohnung lag in einem nachträglich eingefügten Zwischenboden des ehemaligen Stalles und roch nach nassem Hund. Genau genommen, nach nassem Hund, der sich in einer Ecke erbrochen hat. Noch genauer, nach nassem Hund, der sich in Jauche gewälzt, Aas gefressen und in eine Ecke erbrochen hat. Stinktier-Aas!

Papa Siddhartha bemerkte meinen irritierten Gesichtsausdruck.

»Was hast du?«

Ich hielt mir die Hand vor die Nase und deutete um mich. »Der Gestank. Wieso riecht es hier so widerlich?«

Papa strich mir sanft über den Kopf. »Es gibt keine schlechten Gerüche, Junge. Alle Gerüche sind irdisch.«

»Dieser nicht, Papa«, zweifelte ich. »Ich glaub, ich muss brechen!«

Ich tat, wie angekündigt, und schaffte es gerade noch hinter die Kissenecke, direkt neben den Bong, den Papa für gelegentliche Entspannungsübungen bereitgestellt hatte.

»So, wie der Erhabene unter dem Bodhibaum erkannte, *ist das der Leidenshäufung vollständiges Zustandekommen*«, schwadronierte Vater. »Eine Häufung von Ereignissen vollendet sich durch ihre Wiederkehr. Will sagen, so wie es dir ergangen ist, mein Sohn, ist es auch anderen vor dir ergangen. Und die meisten haben es bis genau zu dieser Stelle geschafft.«

Ich schaute Papa Siddharta fragend an.

»Ja, sie haben es genau bis zu den Kissen geschafft und sich dort übergeben, so wie du eben.

Das ist Teil der gegebenen Ordnung und unabdingbar. Wer wäre ich, einzugreifen oder aufzuwischen? Nein, dessen bin ich nicht würdig.«

»Du lässt die Kotze liegen?«, fragte ich ungläubig.

»Der Erhabene sprach zur Koliyerin Suppavásá: ›Wehes in Gestalt von Frohem, Bitteres in Gestalt von Liebem, Leiden in Gestalt von Wohlem überwältigt den, der lässig!‹«

»Häh?«

»Die Dinge sind nie ganz so, wie sie scheinen. Und in jedem vordergründig Schlechten wohnt etwas Gutes!«

»In dem Erbrochenen, dessen du unwürdig bist aufzuwischen, wohnt etwas Gutes? Da hab ich Zweifel und auf jeden Fall sollten wir hier verschwinden und woanders weiterreden.«

Zehn Minuten später saßen wir in einem heruntergekommenen Außenseitercafé im nahegelegenen Ort, das Papa sein *zweites Wohnzimmer* nannte. Grundsätzlich stellt so etwas keine Hürde dar, wenn das *erste Wohnzimmer* eine vollgekotzte Muffbude ist. Trotzdem finde ich, dass man sich ein bisschen mehr Mühe geben kann, als gerade so die Mindesthürde zu nehmen. Das fand der Betreiber des Cafés aber nicht, und so saß ich unbehaglich auf dem fleckig gepolsterten Stuhl und versuchte, so wenig Sitzfläche wie möglich an meine Hose kommen zu lassen.

Eigentlich wollte ich behutsam vorgehen und nicht mit den drängendsten und am schwersten zu beantwortenden Fragen beginnen. Aber, wie so oft, gingen mir die Pferde durch. »Warum hast du nie versucht mich zu sehen?«

Papa Siddharta legte den Kopf schief. »Bedenke, Junge, ich wusste doch gar nichts von dir.«

»Na ja, du hattest Sex mit meiner Mutter und danach hat sie sich komisch benommen und den Kontakt abgebrochen. Hättest du da nicht misstrauisch werden müssen?«

Kolodzyk schloss die Augen und konzentrierte sich auf seine Erinnerung. »Weißt du eigentlich, wie oft mir das damals passiert ist? Das waren wirklich andere Zeiten. Rätselhafte, mitreißende, inspirierende Zeiten, in denen wir mehr über uns selbst und den kosmischen Zusammenhalt lernten als jemals danach.«

»Und das heißt?«, bohrte ich nach.

»Das heißt, dass ich damals gar nichts wusste, jung und dumm durch die Gegend vögelte und die Dinge so nahm, wie sie kamen. Und wenn deine Mutter damals sagte, ich solle meine Sachen packen und verschwinden, dann habe ich nicht nach versteckten Botschaften in ihren Worten gesucht, sondern habe meine Sachen gepackt und bin verschwunden!«

Das reichte mir nicht. »Aber wenn du es gewusst hättest, hättest du dann versucht, mir ein Vater zu sein?«

Kolodzyk dachte erneut mit geschlossenen Augen über die Frage nach. »Wusstest du, dass der verehrte Buddha Siddhartha Shakyamuni seinen einzigen Sohn Rahula genannt hat?«

»Aha«, antwortete ich müde und bat mit schlapper Geste um Erläuterung.

»Rahula bedeutet übersetzt *Fessel* und das sagt ja wohl alles. Kinder sind Fesseln auf dem Weg des Erwachens!«

Nun war es an mir, nachzugrübeln. »Du meinst, selbst wenn du von mir gewusst hättest, wäre ich für dich nur eine Belastung gewesen und du hättest dich nicht um mich gekümmert?«

»Ich glaube nicht, dass ich dir die Frage heute ehrlich beantworten kann. Ich habe mittlerweile zu viele Transformationen meiner Persönlichkeit durchgemacht, um mich heute noch in den frühen Jens hineinzufühlen, denke ich.«

»Hast du meine Mutter geliebt?«, wollte ich auf einmal seltsam dringend wissen und musste doch fürchten, die gleiche Antwort wie soeben zu erhalten.

»Oh, ja, das habe ich! Allerdings glaube ich nicht, dass wir das Gleiche meinen, wenn wir von Liebe sprechen.«

»Wie bitte?«

»Im Buddhismus unterscheiden wir zwischen

den Begriffen *Liebe* und *Anhaften*, die im Christentum untrennbar sind. In Liebe sein bedeutet für uns, keinen Mangel zu leiden und von Glück erfüllt zu sein, wohingegen Anhaften ein Zustand ist, bei dem der Mensch einen Mangel spürt und daran leidet und deshalb einen anderen Menschen zu brauchen glaubt, der diesen Mangel ausfüllt. Nur dass das nicht geht, solange die Ursache des Mangelempfindens im eigenen Ich liegt und nicht ausgeräumt wird.«

»Ich verstehe dich richtig, dass Liebe nicht dauerhaft sein kann und es deswegen in Ordnung geht, dass du Mutter schwanger sitzen gelassen hast?«

Kolodzyk wies das entschieden zurück. »Unfug! Erstens wusste ich nichts von ihrer Schwangerschaft, zweitens wissen wir beide nicht, ob diese überhaupt auf mich zurückgeht, und drittens bedeutet das nicht, dass der Zustand der Liebe im Buddhismus nicht längerfristig sein kann. Nicht endlos, sicher, aber durchaus von einiger Dauer. Bei den Wettbewerbern unserer Religion ist Liebe zwanghaft unbegrenzt. Bis in den Tod und darüber hinaus. Ansonsten handelt es sich um einen Irrtum und nicht um Liebe. Als Buddhist sage ich dir leichten Herzens, ja, ich war in deine Mutter verliebt!«

Ich dachte darüber nach und bemühte mich, Vaters Ansichten nicht zu missbilligen. Abgesehen davon gab es ja auch noch einen Restzweifel, ob Kolodzyk überhaupt mein Vater war. Schließlich hatte ich noch Haare, war um einiges größer als er und hatte auch sonst nicht viel Ähnlichkeit mit ihm.

»Den Punkt mit der Vaterschaft können wir schnell klären. Dazu braucht es nur etwas Blut und dein Einverständnis.«

Kolodzyk schüttelte den Kopf. »Und genau das werde ich dir nicht geben!«

»Warum nicht?«

»Überleg doch einmal: Ich lehre das Leben im Jetzt! Wie soll ich da deinen Wunsch unterstützen, die Vergangenheit zu analysieren? Genieße, was du bist, und vergiss, was du warst!«

»Du willst nicht wissen, ob ich dein Sohn bin?«

Kolodzyk sah mich mitleidig an. »Nein, denn ich weiß es bereits. Du bist mein Sohn, so wie auch Hakan mein Sohn ist und meine Tochter und …«

»… und mein Feld, ja, ja, das kenne ich bereits!«

Kolodzyk schmunzelte. »Nun, dann weißt du doch alles, was nötig ist!«

Er erhob sich und zeigte damit das Ende der Audienz an. Müde und enttäuscht stand ich auf und verabschiedete mich von meinem Papa Siddharta, der seine rechte Hand auf meine Schulter legte und mich sanft, aber bestimmt zur Wohnungstür schob. Ich hätte noch etwas sagen sollen, noch ein paar Argumente zu meinen Gunsten auffahren und ihn überzeugen müssen, aber ich hatte weder die Kraft dazu noch die nötigen Sätze auf der Zunge, und so zog ich mit hängenden Schultern davon.

***

In der nächsten Pause berichtete ich Hakan vom Gesprächsverlauf und traf auf weniger Verständnis als erhofft.

»Das ist doch super, dass der Typ so konsequent ist und das lebt, was er lehrt. Womit ich natürlich nicht sagen will, ich würde seine Einschätzung teilen.«

Ich nickte und rieb mir müde die Augen. »Ist er mein Vater, oder ist er es nicht? Warum kann ich ihn nicht zu einer Antwort zwingen?«

Hakan lächelte in sich gekehrt. »Wenn du ihn nicht zwingen kannst, dann musst du ihn besser überreden.«

Das überzeugte mich nicht. »Genau das habe ich doch gerade versucht!«

»Zum Überreden gehören aber Rafinesse und Alkohol!«

Ärgerlich schnitt ich ihm das Wort ab. »Womöglich hast du es bereits vergessen, aber Papa kann mit Alkohol nicht allzu viel anfangen. Der trinkt gesundes Zeug. Denk nur an diesen ekelhaften Matcha-Tee beim Einchecken!«

»Klar, dass er in dem Moment nicht so aus sich herausgehen konnte. Von wegen Bewusstseinstrübung. Schliesslich sind wir für das genaue Gegenteil gekommen – also für eine Bewusstseinserweiterung – und da kann er uns natürlich unmöglich als erstes einen Drink anbieten.«

Das klang logisch. Sogar erstaunlich logisch für Hakan. »Du meinst also, dass ich ihn am Kursende zu einem Gläschen überreden könnte?«

»Überreden? Alter, hinter der Fassade dieses vergeistigten Schönschwätzers schlummert ein Beinhart-Alkoholiker. Unter der Oberflä- …«

»Sachte, Hakan!«, unterbrach ich ihn. »Du redest über meinen Vater.«

»Vielleicht-Vater, wenn ich deine Erinnerung schärfen darf. Aber selbst milde formuliert, halte ich diesen Herrn Kolodzyk für einen Säufer. Du brauchst dir nur seine blutunterlaufenen Augen und die geplatzten Äderchen auf Wange und Nase anzusehen.«

Ich grübelte darüber nach und gab Hakan innerlich recht. Liess ich die weichspülende Wirkung unseres möglichen Verwandschaftsverhältnisses beiseite und betrachtete Papa Siddharta nüchtern – in diesem Zusammenhang ein eher unglückliches Wort – dann wies er weitere Merkmale eines Alkoholikers auf. Die ausgezehrte Gestalt, seine Fahrigkeit und die zitternden Hände. Doch das brachte mich sofort zum nächsten Problem.

»Wenn du recht hast mit deiner Säufertheorie, dann kann ich ihn doch unmöglich unter den Tisch zu trinken, oder?«

»Wieso denn?«

»Einen Trinker mit Alkohol gefügig machen? Das wäre doch in etwa so, als würde man versuchen einen Fisch zu ertränken!«

Hakan zeigte sich kurz verblüfft, hatte sich aber schnell wieder im Griff. »Bleib locker, Cord und mach dir nicht zu viele Gedanken. Ich habe sowieso schon einen Alternativplan, um an sein Erbgut heranzukommen.«

***

Am Ende des letzten Tages trat Jens Kolodzyk mit ausgebreiteten Armen vor die Gruppe und schlug einen feierlichen Ton an, der uns auf den Höhepunkt der Veranstaltung zuführen sollte.

»Ich denke, ihr seid nun bereit für die reinigende Wirkung einer Feuer-Puja. Das Feuer verbrennt alle Dinge ohne Vorbehalt. Die schönen wie die hässlichen, ohne Habsucht, ohne Abscheu. Feuer vermag zu verbrennen, zu reinigen und zu verwandeln. Ich möchte euch deshalb bitten, mir zum Feuer zu folgen, das unser Verwaltungsratsvorsitzender Uwe in der Zwischenzeit für uns entzündet hat. Dort werden wir gemeinsam meditieren und uns von Dingen trennen, die wir verehren!«

Kolodzyk sah meinen fragenden Blick. »Ich zum Beispiel werde diese Rose und drei Räucherstäbchen darreichen. Denn bedenket: Was der Mensch darbringt, wird ihm vom Göttlichen in vielfacher Form zurückgegeben.«

Hakan zwinkerte mir zu. »Dann weiß ich schon, was ich nehme!«

***

Auf der Rückfahrt platzte mir der Kragen. »Kannst du nicht endlich mit dem Gejammer aufhören?!«

»Du hast aber gesagt, es würde nicht wehtun!«, beklagte sich Hakan in einer Endlosschleife.

»Das hätte es auch nicht getan, wenn du dein Gehirn eingeschaltet hättest!«

»Hab ich ja versucht.«

»Und irgendwo zwischen Versuch und Scheitern liegt Schmerz!«

Hakan sah mich finster an. »Zwischen meiner Faust und deinem Gesicht liegen zwanzig Zentimeter und ein abnehmender Wille auf Gewaltverzicht.«

»Keine ideale Aussage für einen, der gerade ein Buddhismusretreat absolviert hat. Vielleicht versuchst du es mal mit Nachsitzen oder Wiederholen!«

Nach einer Pause sog ich schnüffelnd Luft ein. »Findest du auch, dass es komisch riecht?«

»Das werden wohl meine Arme sein. Beziehungsweise, das, was von ihnen übrig ist.«

Ich schüttelte den Kopf. »Ich kann immer noch nicht glauben, dass du deinen Flachmann ins Feuer geworfen hast!«

»Weil dein bekloppter Herr Vater gesagt hat, es würde vielfach zurückkommen!«

Das brachte mich zum Schmunzeln. »Na ja, zurückgekommen ist es ja auch. Allerdings in Gestalt einer Stichflamme. Aber wenn ich es richtig verstehe, dann sind die Dinge im Buddhismus sowieso polymorph und da kann Feuer schon mal dasselbe sein wie Grappa.«

»Häh?«

»Ja, polymorph, das heißt, *verschiedene Erscheinungsformen*. Hast du nicht das große Latinum?«

»Ja, hab ich, du blöder Dummschwätzer. Das Latinum nützt nur nichts, weil es sich um einen altgriechischen Begriff handelt! Ich dachte, wir wären uns einig, was Wichtigtuerei betrifft?«

Da hatte er Recht. Genauso wie er damit Recht hatte, bereits eine Lösung für den Vaterschaftstest ausgearbeitet zu haben. Auch, wenn diese Lösung unfassbar blöde war und lediglich aus den Elementen *Ablenkungsmanöver* und *Haarwurzelausriss* bestand.

»Hakan, ich bin dir dankbar für deinen Einsatz, so ist es nicht. Sehr dankbar sogar. Aber warum musste es gleich so ein Spektakel wie eine Alkoholverpuffung sein?«

Hakan rollte mit den Augen als Zeichen seiner Missbilligung. »Man, Alter, hast du dir deinen Vater überhaupt schon mal richtig angesehen?«

»Klar, warum fragst du?«

»Dann sollte dir aufgefallen sein, dass sein Kopf glatt wie eine Bowlingkugel ist!«

»Du übertreibst«, warf ich ein. »Und worauf willst du überhaupt hinaus?«

»Darauf, dass man einem Typen mit so wenig Frisur auf dem Kopf nicht einfach ein paar Haare samt Wurzel ausreißen kann, ohne vorher einen Riesenknall abzuziehen.«

»Wieso das denn?«

»Zunächst mal musst du überhaupt eines der verbliebenen Haare auf seiner Kugel finden, und dann wird er sich natürlich mit Händen und Füßen dagegen wehren, wo er doch alle verbliebenen Haare mit Namen kennt. Nee, das klappt nur mit ein bisschen Ramba-Zamba vorweg und selbst dann hat er ja noch mächtig herumgekreischt, als ich ihm *Harry* ausgerissen habe.«

Ich warf einen Blick auf die Haarsträhne, die wir mittlerweile in eine Zellophantüte umgebettet hatten. »Ich glaube, er nannte das Haar nicht Harry, sondern Gerry. Aber bei der Lautstärke seines

Schreis bin ich mir natürlich nicht mehr sicher.«

»Du gibst also zu, dass ich Recht habe und dass das der einzige Weg war?«

»Muss ich wohl. Und ich gebe zu, dich unterschätzt zu haben. Tut mir leid!«

»Macht nichts. Aber ich denke, du schuldest mir einen Flachmann und eine Flasche Grappa.«

***

Der Vaterschaftstest würde eine Woche brauchen und solange blieb die Unsicherheit bestehen. Und obwohl unser Verhältnis unter Mutters Starrköpfigkeit in dieser Angelegenheit gelitten hatte, fand ich es an der Zeit sie Mal wieder zu besuchen. Wir hatten vier Wochen nichts voneinander gehört und ich machte mir mittlerweile Vorwürfe, sie in der schweren Zeit nach dem Tod meines Stiefvaters alleine gelassen zu haben.

Was immer ihre Gründe sein mochten, mir meinen wahren Vater vorzuenthalten, sollte ich ihre Entscheidung doch akzeptieren. Gerade in emotionalen Dingen gibt es kein eindeutiges Richtig oder Falsch, sondern nur unterschiedliche Sichtweisen. Und obwohl ich immer noch fand, dass ein Umstand, der hauptsächlich mich betraf, auch durch mich entschieden werden sollte, so wusste ich doch, dass Mutters Motiv Fürsorge war und nicht etwa Boshaftigkeit.

Ich rief sie an und lud sie zum Abendessen in ein Fischrestaurant in den Alstervororten ein. Ganz ihr Geschmack, sodass sie nicht nein sagen konnte oder gar vorschlagen, selbst zu kochen. Ihre Wohnung würde mich zu sehr an meinen verstorbenen Stiefvater erinnern und ihr außerdem einen Heimvorteil bescheren, etwas, was sie leidlich auszunutzen verstand.

Das *Scampagner* war stylish, aber nicht ungemütlich. Teuer, aber nicht obszön, wohl gefüllt, aber nicht brüllend und aus diesen Gründen eine hervorragende Wahl.

Das erste Abtasten hatten wir nach der Vorspeise hinter uns. Fragen nach der Gesundheit, meiner Freundin Anke und dem Schicksal gemeinsamer Bekannter hatten wir angestrengt durchhechelt und wir wussten beide, worauf wir zusteuerten. Ich musste einfach über die Vaterschaft reden und sprach Mutter auf meinen Papa Siddharta an.

Mutter tupfte ihre Lippen mit der Serviette ab. »Nun, Cord, ich weiß natürlich sehr wohl, dass Herr Yüziak mein Tagebuch gestohlen und es dir gegeben hat.«

»Ach Mutter, ich würde es nicht stehlen nennen, sondern leihen. Du weißt doch, wie Hakan ist!«

Mutter hob die Hände und schnitt mir Worte ab, die ich nicht zu sprechen vorhatte.

»Nein, das weiß ich nicht! Mir war bisher auch

nicht klar, dass du Umgang mit Kriminellen pflegst. Ich für meinen Teil werde ihn anzeigen, wenn er sich noch einmal in die Nähe meiner Wohnung wagt.«

»Ach Mama, mach mal halblang! Erstens hat er es mir zuliebe getan und zweitens glaubte er, aus deinem Verhalten Zustimmung zu erkennen.«

»So wie ein Vergewaltiger im Nein einer Frau ein verstecktes Ja zu erkennen glaubt?!«

»So ein Quatsch! Natürlich nicht wie ein Ver-gewaltiger, aber immerhin hattest du das Buch nicht besonders gut versteckt, sondern offen aus-gelegt.«

»Nicht versteckt? Ich denke, dass der doppelte Boden einer mit Unterwäsche und Bademoden gefüllten Schublade durchaus ein Versteck dar-stellt. Dein sauberer Hakan stöbert nicht nur gerne in den Köpfen der unglückseligen Irren, die sich ihm unbedacht anvertrauen, sondern genauso im Hausrat anderer Leute herum. Ich frage mich, wie er das Tagebuch so zielsicher finden konnte. Hat er mich vielleicht schon länger beschattet oder abge-hört?«

Ich versuchte sie zu beruhigen, auch wenn ich selbst Klärungsbedarf sah. Erstaunlich, dass sich ihre Geschichte nicht mit der von Hakan deckte.

»Ach Mutter, jetzt werd doch nicht paranoid! Ich werde mit Hakan reden und dir das Buch zu-rückgeben.«

»Nachdem ihr es beide vollständig gelesen, vertont und verfilmt habt? Warum sollte ich es da noch zurückhaben wollen?«

Ich entschuldigte mich erneut bei ihr und ergab mich dem schlechten Gewissen, dass ich von Anfang an bei der Geschichte mit dem Tagebuch gehabt hatte. Nach einer kurzen Pause, in der Mutter die Aufrichtigkeit meiner Reue abmaß, nickten wir uns zu und besiegelten unseren Friedensvertrag. Nach einer weiteren AnstandsPause kam ich auf Papa Siddharta zurück.

»Was hast du in ihm gesehen?«

Mutter überlegte und versank für einen Moment in ihren Erinnerungen. Dann strich sie mit schräg gelegtem Kopf durch ihr Haar, so als würde sie sich in Gedanken noch einmal hübsch für ihn machen.

»Jens war ein attraktiver Mann, Cord. Außerdem hatte er ein gewisses Charisma, wenn auch kein nachhaltiges.«

»Wie meinst du das, Mutter?

Sie war immer noch tief in ihren Erinnerungen versunken und starrte durch mich hindurch auf einen imaginären Punkt an der Wand.

»Jens war intelligent, keine Frage, und er verstand etwas von der menschlichen Psyche. Aber wenn man nur ein wenig hinter die Fassade blickte, wartete da verzweifelte Leere und nicht die ersehnte Erkenntnis. Jens war ein Suchender, aber wer sich ein bisschen mit ihm beschäftigte, merkte, dass er niemand war, der finden würde. Es lag eine tragische Lächerlichkeit im Widerspruch seiner großspurigen Ambitionen und seiner kleinbürgerlichen Möglichkeiten. Besser kann ich es nicht ausdrücken.«

Ich erinnerte mich daran, etwas Ähnliches über Papa Siddharta gedacht zu haben, ohne dass ich es in Worte hätte fassen können. Aber Mutter hatte ja auch ein paar Jahre Zeit gehabt, darüber nachzudenken.

»Und deswegen hast du dich von ihm getrennt?«

»Oh nein, nicht nur deswegen. Er war ja damals Buddhist ...«

»Das ist er heute auch noch!«, unterbrach ich sie und berichtete von Kolodzyks jetziger Tätigkeit als Seminarleiter für den Buddhas Buddies Freundeskreis.

Mutter lächelte wissend und nahm den Faden wieder auf. »Na, in jedem Fall war er damals schon Buddhist und wie du ja weißt, war ich zu dieser Zeit eine frühe Feministin.«

Ich nickte, verstand aber nicht, worauf sie hinauswollte.

»Tja, und irgendwie schloss sich das aus, sodass wir uns ständig darum stritten.«

»Ich verstehe nicht ganz. Wieso passen Buddhismus und Feminismus nicht zusammen?«

Mutter sah mich streng an. »Ich dachte, du hättest dich mit dem Buddhismus beschäftigt?! Wenn es ein einendes Element der Weltreligionen gibt, dann ist es der männliche Chauvinismus. Auch wenn man es am wenigsten beim friedfertigen und ausgleichenden Buddhismus erwartet, gibt es auch dort eine ernste Diskriminierung des Weiblichen.«

»Wirklich?«

»Aber ja! In allen buddhistischen Traditionen findet sich die Meinung, dass Frauen keine Lehr-Buddhas werden können. Im Majjhima-Nikâya steht zum Beispiel: *Unmöglich ist es und kann nicht sein, dass eine Frau einen Arahat als vollkommen Erwachten oder einen Gottkönig-Cakravartin darstellen kann oder dass sie Herrschaft über den Himmel, die Hölle oder Brahmas erlangt.*«

»Wow!«

Mutter hatte sich warmgelaufen. »Außerdem müssen Nonnen bei den Theravâdins gut dreihundert Regeln befolgen, Mönche aber etwas mehr als zweihundert. Weiter gibt es acht Vorschriften, genannt, Gurudhammas, die Nonnen einhalten müssen und die sie klar den Mönchen unterordnen. Nimm die achte Gurudhamma: Auch eine hundert Jahre alte Nonne muss einem Mönch alle zustehenden Ehren erweisen. Sie soll ihn mit aneinandergelegten Händen begrüßen, sich vor ihm verneigen und angemessene Begrüßungsworte sprechen. Unfassbar, oder?«

Ich gab mich ausgleichend. »Ach weißt du, man soll nicht immer so schnell urteilen und die damaligen Umstände be-... «

»Und was würdest du dazu sagen, wenn DU eine Frau wärst?«

Ich überlegte nicht lange. »Dann würde ich denken, dass die Typen nicht mehr alle beisammen haben und mal kräftig durchgeschüttelt werden müssten.«

Mutter lächelte. »Soweit es Kolodzyk betrifft, kannst du die Sache als erledigt betrachten!«

»Du hast Papa eine verpasst?«

Immer noch lag der Zug eines Lächelns auf ihrem Gesicht. »Ich habe mich gegen Jens und gegen den Buddhismus entschieden und habe das nie bereut. Und auch wenn mir nichts an der Wiederaufnahme unser Bekanntschaft liegt, frage ich aus purer Neugier: Hat er noch Haare?«

Ich lehnte mich in meinem Stuhl zurück und faltete die Hände vor dem Bauch: »Nimm einen Fußball, besprühe ihn mit Wasser und lass ihn über die Straße rollen. Wenn du ihn auf der anderen Seite wieder aufhebst, werden mehr Haare an ihm kleben als auf Papas Kopf.«

Ich machte eine Spannungspause. »Nebenher wird der Ball dann auch eine bessere Frisur aus diesem Mangel gestaltet haben als Papa.«

Mutter lachte böse. »Ich habe nur gefragt, weil ihm seine Haare damals unglaublich wichtig waren. Geschieht ihm ganz recht, dem alten Spinner!«

***

Hakans Laborquelle für die Durchführung von Vaterschaftstests war mittlerweile versiegt und lehnte Anfragen mit Hinweis auf die aktuelle Gesetzeslage und die Gefahr ab, die sich daraus für ihre eigene Karriere ergeben könnte. Der jungen Dame war zwischenzeitlich klar geworden, dass Hakans Gefühle ihr gegenüber zwar aufrichtig waren, nicht aber zu der gewünschten Art Beziehung führen würde. Mit dieser Erkenntnis fertig zu werden, konnte nicht leichter werden, wenn sie auch noch angeklagt und arbeitslos würde, weil sie einen illegalen Vaterschaftstest durchführte.

Durch die Einführung des GenDG im Jahr 2010 wurde der zuvor zustimmungsfreie Vaterschaftstest verboten. Gesetze haben einen Zweck und meine Haltung ihnen gegenüber ist nicht generell ablehnend. Aber Gesetze sind auch wie lebende Organismen, die sich in fortwährender Mutation ihren Platz zum Blühen suchen müssen. Einige werden mit den Jahren weise und gerecht, andere hingegen entbehrlich. Ein grünschnäbeliges Gesetz wie das GenDG würde erst wachsen und sich festigen müssen, bevor ich ihm den Gefallen täte, es ernst zu nehmen.

Den freidenkenden Holländern von

www.WerIstVater.nl waren solche Überlegungen sowieso fremd, weshalb sie ihre Dienstleistung offen über das Internet anboten. Auf ihrer Webseite erfuhr ich, dass sich Haarwurzeln für einen Vaterschaftstest bestens eigneten und auch, dass eine Vaterschaft nie hundertprozentig beweisbar wäre, sondern nur zu neunundneunzig Komma neunundneunzig Prozent. Das Gegenteil, also die Nicht-Vaterschaft könnte dafür mit hundertprozentiger Sicherheit festgestellt werden. Das wiederum warf ein schlechtes Bild auf die Namenswahl der Webseite, die besser www.WerIstVielleichtVater.nl heißen müsste oder www.WerIstNichtVater.nl. Aber jede Zeit bildet ihre ganz eigene Interpretation einer solchen Kurzbotschaft heraus. Nach dem 2. Weltkrieg hätte eine www.WerIstVater.nl Webseite womöglich *der Schlächter von Sobrica* ausgeworfen und dem irritierten Heranwachsenden den mangelnden Wahrheitsgehalt von Papas Geschwätz über seinen angeblichen Widerstandskampf vor Augen geführt. Heutzutage ging es bei www.WerIstVater.nl aber nicht mehr darum, seinen Vater zu erklären, sondern sich seiner biologisch gewiss zu werden.

Zwölf Tage nachdem ich den Onlineauftrag ausgefüllt und die Haarprobe versendet hatte, lag der Brief mit dem Vaterschaftsgutachten in meinem Briefkasten. Mit zittrigen Händen öffnete ich den Umschlag und überflog den Bericht. Ich las, dass das Labor die Methodik der *Single-Locus-Technik* angewendet hatte. Sechzehn unabhängige PCR-Systeme des Genoms waren dabei untersucht worden. Und das auf einer einzigen Toilette. Wahnsinn!

Die Loci Penta D und D18S51 wiesen große Übereinstimmungen auf, bei Penta E TPOX und FGA war es mit der Vaterschaft aber schon vorbei. Kolodzyk war ein kahlköpfiger, bankrotter Kinderhasser, der vieles versucht, aber kaum etwas hinbekommen hatte.

Nicht einmal, mein Vater zu sein …

Du lächelst – und die Welt verändert sich

Anke hatte mit Kommissar Stanitzki telefoniert. Mir fehlte der Antrieb, da ich weder Trost hören wollte noch Vorwürfe und schon gar nichts darüber, wie viel Arbeit ich dem alten Haudegen mit meiner Suche bereitete. Normalerweise gab ich solchen Stimmungen nicht nach. Jetzt aber überließ ich es Anke, die Dinge am Laufen zu halten.

»Ich habe eine gute und eine schlechte Nachricht für dich!«, strahlte sie mich an. »Welche zuerst?«

»Jetzt hörst du dich genau wie Hakan an!«, beklagte ich mich. »Und am Ende stellt sich heraus, dass beide Nachrichten gleich schlecht sind!«

Anke schüttelte den Kopf. »Stanitzki hat den Namen des vorletzten, möglichen Vaters herausgefunden und weiß auch, wo wir ihn finden können.«

»Ist das die gute oder die schlechte Nachricht?«

Anke stupste mich mit der Handfläche an, aber ich blieb auf dem Sofa gelümmelt liegen.

»Nun komm schon, alter Depri, das ist doch eine tolle Neuigkeit!«

Ich war nicht überzeugt, aber neugierig. »Wer ist es?«

»Er heißt Jürgen Riesbach, ist freischaffender Modedesigner und – jetzt kommt die schlechte Nachricht – lebt in Spanien. Nordspanien immerhin …«

Mit einem Satz war ich auf den Beinen und nahm Anke in den Arm. »Aber das ist doch wunderbar!«, strahlte ich sie an. »Es ist Sommer, hier ist das Wetter schlecht und wir haben ein Ziel!«

Anke gab mir einen Kuss und strahlte zurück. Alles war gut, das Jagdfieber war wieder da. Und schlimmer als die Väter vorher könnte es ja kaum werden …

***

Meine Idee war grandios. Papa José, früher Jürgen Riesbach, lebte seit fast dreißig Jahren in Spanien und nach so langer Zeit würde die deutsche Sprache wahrscheinlich tief verschüttet sein. Mein Anliegen zu erklären würde schwer genug werden und da konnte ich keine zusätzliche Sprachbarriere brauchen. Die Lösung lag auf der Hand. Ich musste eine Person finden, die Deutsch und Spanisch sprach und den Erstkontakt für mich herstellen würde.

Juan, der neue Freund meiner Exfrau, war zwar kein sympathischer Typ, aber der einzige Spanier, den ich kannte. Eine nüchterne Selbstanalyse sagte mir, daß ein Großteil meiner Abneigung gegen ihn daraus resultierte, dass er meine Frau verführt hatte. Ich hielt ihn für einen aalglatten Opportunisten und ein intrigantes Miststück, aber womöglich gründete diese Einschätzung auch nur auf verletztem Stolz.

Dreimal rief ich meine alte Telefonnummer an und legte jedes Mal auf, wenn meine Exfrau den Hörer abnahm. Erst am nächsten Tag hatte ich Juan direkt am Hörer. Mein Anliegen war schneller erklärt als sein verbliebenes Misstrauen beruhigt.

»Heh, el Femenino, me quieres tomar por idiota?«

Ich versuchte Juan zu überzeugen und erinnerte ihn an die Schuld, die er bei mir zu begleichen hätte. In blumigen Worten berief ich den europäischen Geist, beschwor die Loyalität unter Männern und wies auf die harmonische Zukunft hin, die uns seine Kooperation bescheren könnte. Juan blieb misstrauisch und schnalzte ein paar Mal unsympathisch mit der Zunge. »No, qué va!«, murmelte er dann und ich sah förmlich, wie er mit der einen Hand in seiner Nase herumstocherte und mit der anderen seinen nach oben gereckten Zeigefinger hin und her bewegte. Mein Auftritt geriet mehr und mehr zur Bettelei, bis ich ihm endlich und mitten in sein letztes, harsches »No!« hinein Geld anbot. Schlagartig änderte sich sein Verhalten.

»Tal vez isse kann mache posible, mi Amigo Cord ...«

»Kann es sein, dass dein Deutsch schlechter geworden ist, seit wir uns das letzte Mal gesehen haben?«, fragte ich ihn.

»Nur wenn ich spreche mit el majadero!«, beleidigte er mich zurück.

Wer liebt, vollbringt selbst Unmögliches

José genoss die Phase vor dem Kampf in höchstem Maße. Genoss sie genauso wie den Apostroph über dem ›E‹ seines Vornamens. José, das hatte Klang und Grandezza und stand für die vollständige Metamorphose, die er in den fast vierzig Jahren durchlaufen hatte, seit er als armer deutscher Tourist mit dem noch ärmeren Namen Jürgen in Spanien gestrandet war.

Zärtlich strich er über das weiße Seidenhemd mit den Rüschenärmeln, das ausgebreitet neben ihm lag, ließ den Blick über die hochhackigen schwarzen Stiefelletten gleiten, die jederzeit zum Klirren bereiten Sporen und die enganliegende Dreiviertelhose mit seitlicher Schnürung.

José war in diesen Momenten ganz bei sich. In seiner bald zwanzig Jahre währenden Karriere hatte es unzählige Momente wie diesen gegeben. Momente, in denen es galt, Konzentration und Vorfreude auf den bevorstehenden Auftritt zu vereinen und sein Publikum zur mittlerweile gewohnten Ekstase zu treiben. Nein, nervös war er nicht, als er ein letztes Mal in den Spiegel schaute, mit zwei routinierten Griffen den gegeelten Scheitel nachzog und sein Gemächt von der rechten auf die linke Seite schob. *Reine Freude* beschrieb seinen

Zustand am ehesten. Draußen wurde mittlerweile das längst zum Ritual gewordene rhythmische Klatschen hörbar, durchsetzt von ›José‹-Rufen in ansteigender Lautstärke. Sie wollten ihn, nur ihn und er würde ihnen ihren *José* geben. Er würde sie nicht nur zufriedenstellen, er würde sie begeistern!

»Noch zwanzig Sekunden lasse ich sie warten«, dachte er und atmete ein letztes Mal tief durch, bevor er sich erhob. Ja, da war er, dieser unbeschreibliche Duft, diese Mischung aus Schweiß, Blut und Staub. Zusammengefügt und nicht unterscheidbar, ob vom Torero, den Stieren oder dem aufgeputschten Publikum stammend.

José klopfte ein Staubkorn von seinen Stiefeletten, ballte die Fäuste und summte »Si! Si! Si!«. Dann passierte er mit energischen Schritten den Vorhang, der den Verbindungstunnel mit der Arena verband.

***

Hakan und ich hatten es uns auf den unteren Rängen in der Ostseite der Arena gemütlich gemacht. Hier konnten wir die nachmittäglichen Sonnenstrahlen genießen und waren trotzdem nah am Geschehen. Und damit nah an meinem Vater. Ich war aufgeregt und spürte eine ungekannte Angst um ihn. Nicht, dass ihm gerade jetzt etwas zustieße, wo ich ihn doch eben erst gefunden hatte.

Hier unten hatte ich das irrationale Gefühl, im Notfall helfen und ihn mit einem beherzten Sprung über die Absperrung vor dem herannahenden Stier retten zu können.

Neben uns lärmte eine Gruppe junger Männer, die eine große Fahne schwenkte, auf der der Name meines Vaters prangte. Ich reckte beide Daumen in ihre Richtung und einer der Männer schrie zu uns herüber. »He's is the best! We only come to see him!«

Natürlich hatten sie bemerkt, dass ich kein Spanier war. Bei Hakan konnten sie sich nicht so sicher sein. In meiner Euphorie ließ ich sie an meinem Seelenzustand teilhaben.

»He's my father!"

Die Burschen sahen sich ratlos an und verfielen dann in lautes Gelächter. »He's your father? He's my father too. And my brother, my sister ..."

»... and your field. Das kenne ich schon!«, blaffte ich zurück. Die blöden Buddhisten gingen mir langsam auf die Nerven.

Hakan stieß mich an und gemahnte mich zur Ruhe. Ich würde mir doch nicht diesen erhabenen Moment von ein paar Spinnern verderben lassen, meinte er. Und dass ich meinem Vater den Respekt schuldig war, seinen Auftritt friedlich und konzentriert zu verfolgen.

»Komm runter, Cord. Dein Vater ist ein großer Star, beliebt, gefeiert ... UND NACKT!!!«

Hakan wedelte hektisch mit seinem rechten Arm und versuchte mir etwas zu zeigen, was ich sowieso nicht übersehen konnte. Stocksteif und mit offenem Mund beobachtete ich, wie Papa José splitternackt bis auf seine Stiefeletten durch die Arena rannte und dabei die rote Muleta schwenkte

»Das Kampftuch, die Muleta, war früher aus weißem Tuch gemacht und färbte sich erst durch das Blut des Tieres oder des Kämpfers rot«, faselte ich unter der Wirkung des Schocks.

Hakan starrte zwischen mir und dem Flitzer hin und her, und ihm war anzusehen, dass auch er zu gleichen Teilen geschockt wie fasziniert war.

»Häh?«, presste er endlich heraus.

»Stiere haben keine Rezeptoren für rotes Licht. Denen ist die Farbe egal«, erklärte ich mechanisch und versuchte das Bild zu verdrängen, das sich mir bot. Papa rannte wilde Kreise drehend umher, während ein Razeteur einen dicklichen Stier in die Bahn führte. Geringschätzig musterte der Stier den peinlichen Flitzer, der ihn umkreiste und die Muleta flattern ließ. Der Stier nickte zweimal mit dem Kopf und verließ – sichtbar angewidert – die Bahn. Offenbar handelte es sich um ein abgekartetes Element im Rahmen der komischen Nummer, die mein Vater spielte.

Etwas später wurde Papa José in einer gestellt wirkenden Aktion von zwei Ordnern aus dem sandigen Rund geschliffen. Die Ordner taten so, als würden sie besonders robust zu Werke gehen, und Papa tat so, als würde er sich wehren. Das Ganze verfolgte den Zweck, den einstudierten und mittlerweile wohl berühmt gewordenen Auftritt meines Vaters wie eine ungebetene Spontanität aussehen zu lassen. Die Zuschauer spielten brav mit, skandierten »José, José, José« und buhten die Ordner gnadenlos aus. Ich hingegen hielt es genau andersherum und feuerte die Ordner an.

»Schlagt ihn, beißt ihn, gebt ihm Saures, dem elenden Vaterschwein!«

Hakan schenkte mir einen besorgten Seitenblick und schüttelte den Kopf.

***

Mein früherer Intimfeind Juan hatte uns für den nächsten Morgen in der Stadt verabredet. Papa José wolle keine Vermischung privater und geschäftlicher Angelegenheiten, berichtete Juan. Darum habe er uns im Stadion auch nur erlaubt, von den normalen Zuschauerrängen aus zuzusehen.

Jetzt wollten wir uns im Café Machaquito treffen. Doch als wir durch die verschlungenen Straßen von Pamplonas Altstadt liefen, blieb Hakan abrupt stehen und wies mit gestrecktem Arm nach vorne.

»Ist das ein Stier dahinten?«

Ich guckte nach oben, aus deprimierenden Gedanken gerissen. »Ich zähle drei!«

Hakan schlug sich mit der Hand gegen die Stirn. »Welcher Tag ist heute?«

»9. Juli, warum fragst du?«

»Weil das einer der Tage ist, an dem hier die traditionelle Stierhatz stattfindet!«

Ich sah ihn zweifelnd an. »Also ehrlich, das meinst du doch nicht ernst? Müssten dann nicht irgendwo Warnhinweise stehen oder die Straßen abgesperrt sein?«

Hakan zeigte entnervt zur Seite, wo Holzbarrikaden die möglichen Abzweigungen blockierten und den Stieren den Weg wiesen. »Nur dass wir Idioten darübergeklettert sind, weil wir die Barrikaden für Behördenterror hielten. Aber wie auch immer, sollten wir jetzt sehen, dass wir verschwinden!«

Als wir nur noch einen kleinen Vorsprung vor den Verrückten hatten, die sich freiwillig von den Stieren jagen ließen, fanden wir einen vorspringenden Hauseingang, der uns Schutz bot. An der Haustür standen auf Englisch die Verhaltensregeln für teilnehmende Gäste dieser traditionellen Encierro:

Nur nüchtern teilnehmen
Sich vor dem Lauf warm machen
Genügend Abstand zu den Stieren halten

Auf geraden Strecken außen laufen
Kurven immer innen nehmen
Erst aufstehen, wenn sich der Stier entfernt hat
Eine Zeitung mitnehmen, mit der man den Stier ab-
lenken kann.

Hakan nickte zufrieden. »Bei der Hälfte der Dinge haben wir instinktiv richtig gehandelt!«

***

Papa José hatte zwischenzeitlich das vereinbarte Café erreicht und seine Tageszeitung, den El Mundo, demonstrativ auf einem der Bistrotische des Cafés ausgelegt. Er nahm einen Schluck des duftenden Café cortado und tupfte sich mit einer Serviette die schaumbenetzte Oberlippe ab. Den El Mundo hatte Papa José so aufgeschlagen, dass jedem Vorbeigehenden die Ähnlichkeit zwischen dem nackten Mann im großformatigen Artikel und ihm selbst auffallen musste.

Für die meisten Gäste war dieser Aufwand unnötig, da sie José sowieso kannten und ihn entweder respektvoll oder verächtlich grüßten. Und diejenigen, die ihn noch nicht kannten, zwang José mit dieser übertriebenen Geste, auf ihn und die Zeitung zu blicken und die richtigen Schlüsse zu ziehen.

Selbstgefällig wartete er darauf, dass sein möglicher Sohn eintraf, von dessen Existenz er erst vier Tage zuvor erfahren hatte. Das war schon ein komisches Telefongespräch, dachte er, und erinnerte sich an den merkwürdigen Spanier namens Juan, den sein vermeintlicher Sohn als Überbringer der Nachricht gewählt hatte. Immerhin sprach der mit dem vertrauten, speichelreichen galizischen Akzent, den Papa José noch aus seiner Anfangszeit in Spanien kannte.

»Ich bin der Bote Ihres Sohnes«, hatte sich der Typ am Telefon vorgestellt und damit die eigentliche Botschaft des Gespräches vorweggenommen.

»Das muss ein Irrtum sein. Ich habe keinen Sohn«, hatte Papa José geantwortet.

»Sie ahnen nicht, wie sehr Sie sich das noch wünschen werden. Trotzdem lässt es sich nicht ändern.«

Juan setzte Papa über die Einzelheiten ins Bild, so wie ich sie ihm selbst zuvor geschildert hatte. Er berichtete von Kommissar Stanitzki und dessen Untersuchungsmethoden, von meiner Mutter und ihren Tagebucheinträgen und zog die Schlinge langsam enger. Das alles machte er zu meiner vollen Zufriedenheit, auch wenn ich kein Wort verstand, das zwischen Juan und meinem Vater gewechselt wurde. Vielleicht war ich doch zu vertrauensvoll gewesen, wo Juan und ich uns bekanntermaßen nicht leiden konnten.

»Wie sieht er denn aus?«, fragte Papa José, als er endlich hinreichend überzeugt war.

Juan tat, als würde er darüber nachdenken, bevor er auf Spanisch antwortete. »Kennen sie ein Tier namens Nacktmull?«

»Wie bitte?«

»Ja, ein afrikanischer Sandgräber, Nagetier, ziemlich hässlich, haarlos und mit fiesem Überbiss.«

»Und so sieht mein Sohn aus?«, wollte Papa zögernd wissen.

»Na ja, nicht genau so. Aber er hat Ähnlichkeit…auch intellektuell!«

»Sie meinen, er ist auch dumm?«

Juan gab sich versöhnlich. »Das Wichtigste ist doch, dass man sich lieb hat … Ach ja, er will Sie besuchen und seinen osmanischen Freund mitbringen. Wenn Sie also zwei Schwuchteln mit …«

»Er ist schwul?«

»Schwuler als Liberace, würde ich sagen.«

»Wie süß!«, kommentierte Papa.

»Achten Sie einfach auf zwei aufgeschwemmte, etwas weggetreten wirkende Typen im bunten Fummel und Sie haben Ihre Leute gefunden!«

***

Mittlerweile waren Läufer und Stiere an uns vorbeigezogen und wir hatten uns ein wenig beruhigt. Hakan wies auf mein Hemd und meine Hose, die schweißnass und schmutzig waren.

»So können wir unmöglich deinem Vater gegenübertreten!«

Ich sah an mir herunter und bekam hektisches Muskelzittern. Das wurde allmählich alles zu viel.

»Bleib cool, Cord, ich hab schon eine Lösung!« Hakans ausgestreckter Zeigefinger wies auf ein Geschäft auf der anderen Straßenseite, in dem traditionelle spanische Stierkämpferkleidung angeboten wurde. »Todos por Toreros«, hieß der Laden, vor dem ein Schild mit der Aufschrift *Wir sprechen Deutsch* stand und zweifellos bedeutete, dass hier Touristen entwürdigt werden sollten.

Hakan wirkte begeistert. »Hey, und guck mal, die sprechen sogar Deutsch. So ein Glück!«

Ich nickte betreten. Die Auswahl war noch schlimmer, als mir meine düsteren Vorahnungen prophezeit hatten. Männern blieb die Wahl zwischen verschiedenfarbigen Rüschenhemden. Entweder traditionell, wie der Verkäufer ausführte, wobei er auf eine rot-grüne Bluse zeigte, die mich unweigerlich zur Puffmutter gemacht hätte, oder für den experimentierfreudigen Kunden auch ein wenig ausgefallener. Ein Blick in Hakans Gesicht genügte, um zu erkennen, dass der Verkäufer ihn an der Angel hatte.

»Bei diesen Modellen, die wir *hispanic-ethno* nennen, haben wir traditionelle spanische Elemente mit *tribal*-Motiven kombiniert«, sagte der Verkäufer und deutete dabei auf eine Scheußlichkeit, die sich nur jemand ausdenken konnte, der seine Kunden abgrundtief hasste. Schreiend bunt und mit vielfarbigen Motiven durchsetzt präsentierte sich das Ding, von dem ich sofort wusste, dass es bald Hakans Oberkörper schmücken würde. Hakan nickte begeistert.

»Irre, genau so was habe ich schon immer gesucht!«

Für mich gab es das *konservative Modell*, leuchtend rot, mit Rüschen und bunten Lederschnüren, die Ärmel und Ausschnitt umschmeichelten, wie der Verkäufer grinsend erklärte. Dazu eine mit großen Nieten und roten Flicken *gepatchte* schwarze Hose. Auch hier hatte mich Hakan mit einer grün-weißen Hose weit hinter sich gelassen …

Wir verließen den Laden als Siegfried & Roy auf dem Weg zu einem Galauftritt in Las Vegas. Im Gehen drehte ich mich noch einmal zum Verkäufer um, der schadenfroh lächelte.

»Sie haben nicht zufällig ein paar weiße Tiger?«

Das Lächeln wurde breiter. »Nicht hier im Laden, Senhor, aber wenn sie eine Viertelstunde warten, dann kann ich etwas arrangieren …«

***

Hakan und ich drängten uns durch die Menschenmassen der Altstadt, wobei uns unsere Kleidung einen entscheidenden Vorteil verschaffte. Eine Stadt wie Pamplona war den Anblick teilkostümierter Touristen gewohnt. Menschen, mit heller Haut, roten Gesichtern und ungelenken Bewegungen, die vergeblich darauf hofften, mittels eines einzelnen traditionellen Kleidungsstücks in der Menge der Einheimischen aufzugehen. Wir aber hatten mehr zu bieten. Unsere folkloristische Vollausstattung bahnte uns eine Gasse durch staunende Menschen, die Hakan tänzelnd durchschritt. Immer wieder lächelte er den entgegenkommenden Leuten zu, die erst erstaunt und dann betreten zu Boden blickten, um uns schließlich so weit wie möglich auszuweichen.

Kurz vor unserem Ziel zog mich Hakan am Ärmel und ersuchte mich um erhöhte Konzentration.

»Denk daran, dein Vater weiß nicht, wie wir aussehen. Wir müssen IHN finden, nicht ER UNS!«

Ich wies auf meine Aufmachung und schüttelte den Kopf. »Er wird uns auf jeden Fall finden, da mache ich mir gar keine Sorgen!«

***

Zehn Meter von uns entfernt erhob sich Papa José aus seinem Stuhl, kniff die Augen zusammen und winkte uns überschwänglich zu. Ich steuerte schnurstracks auf ihn zu, umarmte ihn und hatte erstmals während meiner Vatersuche das Gefühl, willkommen zu sein.

»Schön, dich zu sehen, Junge«, sagte Papa José. »Ich hab euch sofort erkannt!«

»Du hast es gespürt?«, fragte ich hoffnungsvoll.

»Quatsch! Aber ihr seht genauso aus, wie Juan euch beschrieben hat.«

Hakan warf mir einen skeptischen Blick zu. Er hatte meine Idee, Juan einzubeziehen, nicht gutgeheißen. »Wie hat er uns denn beschrieben?«

»Na ja, Aussehen und Kleidung und so«, präzisierte Papa.

»Wie bitte?«

Papa sah mir eindringlich in die Augen, sprach langsam und deutlich, wie zu einem Kind. Dazu untermalte er seine Worte mit pantomimischen Gesten. »Er hat eure Kleidung und euer Aussehen beschrieben!«

Ich schüttelte den Kopf. »Du musst nicht wie zu einem Kind zu mir sprechen!«

Papa trat näher an mich heran und strich mir über den Kopf. »Natürlich, Junge, ich weiß … Aber ich sehe, dass noch einiges an Erziehungsarbeit liegen geblieben ist. Vielleicht stellst du mir erst mal deinen … äh … Lebensgefährten vor?«

Ich starrte ihn irritiert an, bis ich begriff, was er meinte.   »Oh, Hakan ist nicht mein Lebensgefährte. Wir sind nur Freunde. Er ist Psychologe, weißt du …« Mir dämmerte, dass das nicht eben logisch war.

Papa zuckte mit den Schultern. »Das muss euch nicht peinlich sein, Jungs. Ich bin da wirklich locker und hab selber einige tolle gleichgeschlechtliche Erfahrungen gemacht. Vergiss nicht, dass ich ein Kind der Flower-Power-Zeit bin.«

Ich schüttelte vehement den Kopf. »Aber ich bin nicht schwul, Papa. Und wenn ich es wäre, würde es mir nichts ausmachen, es dir zu sagen. Warum sollte ich lügen?«

»Egal, Junge, Hauptsache ist doch, dass du hier bist!« Papa José umarmte mich noch einmal und ließ sich dann mit großer Geste in seinen Stuhl fallen. Weit nach hinten gelehnt und die Arme seitlich über die Rückenlehne gelegt, sah er sich um. Der König hielt Hof und gebrauchte die Menge als huldvollen Spiegel seiner Großartigkeit. Jetzt hat er auch noch einen Sohn, dachte José. Jemanden, dem er seine brillanten Anlagen ins Erbgut gebrannt hatte und der seine, Josés, bedauerliche irdische Endlichkeit überwinden helfen würde. Er würde nicht nur den kurzeitigen Mythos seiner selbst begründet haben, sondern eine Dynastie der Massenverführer. Manchmal musste dabei zwar eine Generation übersprungen werden, aber egal. José visierte uns offen an, kniff die Augen zusammen und brachte das Bild, das sich ihm bot, mit seiner Herrschervision zusammen.

»Dies ist mein Sohn!«, schrie er plötzlich mit großem Pathos in die uninspiriert wirkende Menge. An einigen der Nebentische wurden Köpfe geschüttelt, andere zeigten begeistert den nach oben gereckten Daumen. Ein paar ganz Aufgeregte machten Fotos vom verrückten Flitzer mit den beiden Fummeltrienen. Ich beugte mich zu Papa José und flüsterte ihm zu.

»So weit sind wir doch noch gar nicht. Sollten wir nicht erst einen Vaterschaftstest durchführen lassen?«

Papa wirkte enttäuscht. »Aber ich weiß es doch auch so!« Überschwänglich schlug er sich mit der rechten Faust aufs Herz.

»Was ich hier drin spüre, ist besser als jedes Reagenzglas.« Plötzlich bildete sich ein Grinsen auf seinem Gesicht. »Aber wir können ja eine andere Art Vaterschaftstest machen. Wir schauen einfach, welche Übereinstimmungen es zwischen uns gibt. Ich bin mir sicher, hinterher sind wir beide überrascht, wie viele das sind!«

Ich nickte ihm zu, um die Sache abzukürzen. »Also gut, fang an!«

»Lieblingsgetränk?«, lautete seine Vorgabe, woraufhin er sich einen Rechnungsblock und zwei Stifte vom Kellner geben ließ. Jeder von uns sollte sein Ergebnis notieren und dann vorlesen. Schummeln galt nicht bei Papa José. Gut, dass ich ihn noch nicht kannte, als ich noch jünger und auf das Schummeln angewiesen war.

»Was hast du?«

»Gin Tonic«, sagte ich. »Und dann noch so eine ekelhafte Bier-Wodka-Mischung namens Bodka, die ich mit Hakan immer trinken muß.«

»Aber wenn du sie ekelhaft findest, dann kann es doch nicht dein Lieblingsgetränk sein?!«

»Leider doch«, räumte ich zerknirscht ein.

»Tja, ich hatte einen Mai Tai aufgeschrieben«, gab Papa José zu.

»Und du hältst MICH für schwul?«

Papa machte eine wegwerfende Handbewegung und gab als nächsten Begriff *Lieblingstier* vor.

»Welches ist es?«, fragte ich neugierig und hielt die Hand über meinem Zettel auf dem *Schnabeltier* stand.

»Nacktmull«, sagte Papa und dachte, mir einen Gefallen zu tun, weil er immer noch eine gewisse Ähnlichkeit zwischen mir und dieser Kreatur zu erkennen glaubte. Danke, Juan!

Großzügig, oder schon ein wenig resigniert, bot Papa José mir an, dass ich den nächsten Begriff wählen dürfe. Ich sagte »Lieblingsfach in der Schule« und schrieb *Physik* auf meinen Zettel. Ich mochte die Verbindlichkeit dieses Faches, das kein Herumlavieren zuließ. Geistige Anstrengung wurde mit eindeutigen Ergebnissen belohnt.

Papa José, für mich mehr und mehr *Jürgen* werdend, hatte *Sport* aufgeschrieben und dazu erklärt, er möge besonders das Turnen, weil es ihm erlaube, sich seines Körpers auf spielerische Weise gewahr zu werden.

»Du BIST schwul!?«, folgerte ich halbwegs überzeugt.

»Sicher … also tendenziell … meine ich. Ich mag aber auch Frauen. Bevorzugen tue ich aber solche Sahnehappen wie deinen großen Osmanen.« Dabei warf er Hakan einen schmachtenden Blick zu.

Ich ging nicht darauf ein, Hakan sowieso nicht. Der hatte sich ganz in seine passive Psychologenrolle zurückgezogen. Fehlte nur noch, dass er sagen würde … Oh, mein Gott, er sagte es wirklich:

»Was fühlen Sie dabei, wenn Sie so etwas sagen, Herr Riesbach?«

José nahm die Vorlage gerne an. »Eine Erektion?«

Hakan machte sich eine Notiz in sein Heft, das er stets bei sich führte, und tat ungerührt.

***

Papa José nahm uns mit in seine Wohnung, etwas außerhalb Pamplonas. Sein Zuhause war nicht minder groß als sein Auto, ein Luxus-Angeber-Jeep vom Feinsten. Offensichtlich wurde die Rolle des Clowns gut entlohnt. Neugierig geworden fragte ich, wer ihn denn eigentlich bezahle.

»Es sind die leuchtenden Augen meiner Fans, die mich entlohnen«, antwortete er pathetisch.

»Nee, mal ehrlich«, drängte ich auf eine bessere Antwort.

Papa zuckte die Achseln. »Ach weißt du, Sohn, Stierkampf ist in Spanien Big Business mit vielen Beteiligten. Und einige davon sind nicht das, was sie zu sein scheinen.«

»Das hört sich ja sehr geheimnisvoll an«, kommentierte Hakan.

»Ja genau. Nehmen wir mich selbst. Mir ist absolut klar, dass ihr mich für einen Deppen haltet, der nicht mitkriegt, wie die Leute über ihn lachen. Aber so ist es nicht. Ich weiß, dass meine Rolle im ersten Moment nicht besonders glanzvoll wirkt und dir, lieber Sohn, sogar peinlich ist …«

»Aber nein, gar nicht …«, versuchte ich ihn wahrheitswidrig zu unterbrechen. Doch Papa José ließ das nicht zu.

»Nein, Junge, ist schon gut. Ich weiß das und es macht mir nichts aus. Ich liebe diese Rolle nämlich wirklich. Zum einen wegen der leuchtenden Augen, wie gesagt, zum anderen wegen der Aufmerksamkeit, die man mir entgegenbringt, und ganz besonders wegen des Geldes. Als ich hier anfing, hatte ich nur eine kleine Marketingagentur, einige Ideen und wenige Kunden. Stierkampf wurde in jener Zeit zum ersten Mal ethisch in

Frage gestellt und teilte damit mein Schicksal der verhältnismäßig wenigen Kunden.«

Hakan und ich hingen an seinen Lippen und forderten ihn ungeduldig zum Weiterreden auf.

»Na ja, und mit meinem letzten Geld, einer Bürgschaft meiner Eltern, und ein paar gestreuten Unwahrheiten über die Finanzkraft und Kontakte meines *Unternehmens* gelang es mir, die Vermarktungsrechte zu kaufen. Und mit noch weniger Substanz und umso mehr Großspurigkeit schaffte ich es, die Fernsehrechte für immenses Geld an einen privaten Sender weiterzuverkaufen. Natürlich erst, nachdem ich der Veranstaltung neues Leben eingehaucht hatte.«

»Wozu dein eigener Auftritt als Flitzer gehört?!«, fasste Hakan zusammen.

José nickte. »Ganz genau!«

Hakan war bereits einen Schritt weiter. »Und ist da noch Platz für einen Flitzergehilfen? Einen Junior-Flitzer sozusagen?«

Schlagartig verfinsterte sich Josés Mine. Seine ansteckende Unbekümmertheit wich einem neuen Ausdruck, den Hakan mit seiner professionellen Ausbildung sofort einordnen konnte. »Hat noch jemand so einen Durst wie ich? Soll ich einen Wein aufmachen?«

José hob abwehrend die Hände und rang immer noch um Fassung. Ich hatte Hakan überschätzt und musste selbst nachfassen. »Was ist los, José?

Warum macht dich der Gedanke an einen weiteren … ähm, Darsteller so traurig?«

José wirkte in sich gekehrt und blickte starr durch uns durch, während er mit der Art monotoner Stimme sprach, die immer dann eingesetzt wird, wenn emotional berührende Sachverhalte beherrscht vorgetragen werden sollen.

»Um den Flitzer zu geben, muss man ein Flitzer sein. Neben dem Talent, andere Menschen unterhalten zu können, gibt es einige – auch körperliche – Voraussetzungen, die weit schwerer zu erfüllen sind.«

Wir sahen ihn fragend an und José setzte seine Rede stockend fort. »Sehr offensichtlich ist ja die größenmäßige Einschränkung des Exponats.«

»Des Pimmels?«, drang Hakan auf Präzision.

José wand sich. »Wenn du es so salopp ausdrücken willst, ja. Ich ziehe allerdings den Begriff Exponat vor.«

Hakan lehnte sich auf seinem Sitzkissen zurück und kniff die Augen zusammen. »Meiner beruflichen Erfahrung nach drückt die begriffliche Distanz bei der Benennung des eigenen Geschlechtsteils eine innere Distanz zu ihm aus. Ich vermute also, du bist nicht sehr zufrieden mit deinem … äh, Exponat?«

José sah zu Boden. »Das ist leider richtig …«, sprach er leise in Richtung einer Terrakotta-Bodenfliese. Plötzlich blickte er auf und fixierte

Hakan mit stechendem Blick. Offenbar hatte er den Entschluss gefasst, es hinter sich zu bringen, egal wie schmerzhaft es wurde.

»Wie ich schon sagte, gibt es eine Größeneinschränkung für meine Rolle. Das Exponat sollte nicht zu groß sein, damit es weder erschreckt noch Neidgefühle im Publikum weckt. Zu klein darf es aber auch nicht sein, weil es ja auch auf größere Entfernung noch zu erkennen sein muss.« José schob eine Pause ein, bevor er weitersprach. »Und soweit es die Größe betrifft, halte ich mein Exponat für perfekt geeignet. Leider aber auch in einer anderen Beziehung.«

Hakan und ich beugten uns gespannt vor, als Papa José fortfuhr: »Wie ihr euch vorstellen könnt, ist eine weitere, genauso zwingende wie delikate Voraussetzung, dass es während des Auftrittes nicht zu einer … einer …«

Wir beugten uns noch weiter vor und wiederholten beide Josés letztes Wort:

»Einer?«

»… einer plötzlichen Zustandsänderung des Exponats kommt!«, presste er endlich heraus.

»Du meinst einen Erregungszustand?«, bohrte ich nach.

»Ja, genau. Eine solche Veränderung des Exponats hätte eine fatale Wirkung auf das Publikum, das ja zum Teil aus Kindern besteht.«

Enttäuscht über diese aufgebauschte Belanglosigkeit richtete ich mich auf. »Das sollte doch in einer solchen Situation kein Problem sein!«

»Aber sicher ist es das!«, fuhr mir José in die Parade. »Wir haben Versuche mit Dutzenden Bewerbern durchgeführt und wirklich schlechte Erfahrungen gemacht. Du musst bedenken, in welch aufgeheizter Atmosphäre so ein Auftritt stattfindet. Aufregung, Action, Schweiß und Hitze und du mitten drin. Von meinen Kandidaten hat es kein einziger geschafft, in wirklich allen Situationen … nun, cool zu bleiben.«

Hakan hatte mit den Fingerspitzen beider Hände ein Dach gebildet, wobei er sein Kinn auf die aneinandergehaltenen Zeigefingerspitzen stützte, die Geste des nachdenklichen Psychiaters imitierend. »Deine Erklärungen zusammengenommen gehe ich davon aus, dass du an erektiler Dysfunktion leidest?«

José nickte betrübt und starrte wieder auf die Terrakottafliese.

»Wie bitte?«, fragte ich.

»Impotenz«, übersetzte Hakan für mich und fügte wenig feinfühlig hinzu: »Er kriegt keinen hoch, Cord!«

José sah jetzt noch unglücklicher aus und fixierte den Boden noch intensiver. Langsam drängte sich die wahre Bedeutung dessen in mein Bewußtsein. Papa José bzw. Jürgen Riesbach war impotent und damit nicht zeugungsfähig!

»Jürgen«, verfiel ich spontan in diese distanzierte Namensversion, »war das schon immer so oder ist das erst jetzt der Fall?«

José antwortete der Bodenfliese, die sich dafür nicht interessierte: »Leider ja, Cord, die Freuden der Lust sind mir seit jeher verwehrt.«

»Aber du warst doch mit Mutter zusammen!? Ich meine, wie war das möglich?«

José schüttelte den Kopf. »Ach Cord, Zusammensein setzt nicht unbedingt sexuelle Handlungen voraus, oder?«

»Natürlich nicht«, stimmte Hakan zu. »Ich frage mich allerdings, warum du uns dann trotzdem diese Reise machen ließest, obwohl du doch von Anfang wusstest, dass Cord nicht dein Sohn sein kann?«

José brauchte eine Weile, bis er mit der Antwort herausrückte. »Vielleicht, weil ich das Gefühl genießen wollte, es könnte so sein.«

»Wie bitte?«

»Du hast keine Vorstellung davon, wie sehr ich mir Kinder wünschte, als ich noch jünger war. Und dann kommst auf einmal du daher und sagst, es wäre so. Es tut mir leid, dass ich die Situation für mich ausgenutzt habe«, sprach José mit brechender Stimme.

Hakan sah mich an und verzog die Mundwinkel, mir damit ein Zeichen gebend, was zu tun sei.

Und dieses eine Mal lag er richtig. Ich stand auf und legte José eine Hand auf die Schulter. Und als José sich schluchzend umdrehte, nahm ich ihn in den Arm. Irgendwann hatte er sich gefangen und wir setzten uns wieder auf unsere Plätze. Ich ließ die einsetzende Stille auf uns wirken, bevor ich mich äußerte.

»Weißt du José, ich habe dich in dieser kurzen Zeit als einen liebenswerten Menschen kennengelernt, und auch wenn ich nicht dein Sohn sein kann, wäre ich doch gerne dein Freund.«

José schniefte geräuschvoll und wir umarmten uns noch einmal während Hakan unruhig auf seinem Sitzkissen herumrutschte.

Nachdem unsere Beziehung auf diese Weise so eindeutig geklärt worden war, verbrachten wir noch zwei schöne Tage in Pamplona, an denen uns José SEINE Stadt zeigte und uns seinen Freunden vorstellte. Stets nannte er mich dabei seinen lieben Sohn Cord und sah mich dabei stolz an.

Als wir uns endlich am Flughafen verabschiedeten, versprachen wir, regelmäßig miteinander zu telefonieren und uns bald wieder zu besuchen.

Hakan hatte Recht, als er mir im Flugzeug zuraunte, er würde eigentlich niemanden kennen, der so wenig Witzfigur war wie Papa José.

Stanitzkis letzter Fall

Kommissar Stanitzki hatte eine Tasse Kaffee vor sich stehen und schüttete aus einem silbernen Flachmann eine übelriechende Substanz mit hohem Alkoholgehalt hinein.

»Möchten Sie auch eine Tasse?«, fragte er und sah zu mir auf. »Sie sehen übel aus, Andreesen. Vielleicht hilft Ihnen das auf die Beine.«

Ich schüttelte mühsam den Kopf, registrierte überrascht die Besorgnis in seinem Tonfall und konzentrierte mich wieder auf das Gefühl von Resignation, das mich seit Tagen im Griff hielt. »Tut mir leid, Stanitzki«, erwiderte ich, womit ich preisgab, was mich beschäftigte. »Ich meine, es tut mir leid, dass ich Ihnen solche Umstände bereite und Sie zu diesem Schwachsinn zwinge. Mein spanischer Vater war zwar ein toller Typ, aber eben nicht mein Vater. Wieder eine Sackgasse und dieses Mal die letzte!«

Stanitzki lächelte nachsichtig. »Na, na, Cord, wer wird denn so einfach aufgeben?!« Zum ersten Mal hatte er mich bei meinem Vornamen genannt. »Es mag sein, dass Sie mich ursprünglich dazu gezwungen haben, die Witterung aufzunehmen.«

Ich sah neugierig auf, gespannt, was kommen würde.

»Nun ist es aber so, dass mich während der Ermittlungen echtes Jagdfieber gepackt hat. Ein Gefühl, das ich kaum mehr kannte und für das ich Ihnen überaus dankbar bin.«

»Ich will die Sache aber beenden!«, stammelte ich und schüttelte den Kopf. »Es kommt nichts Gutes dabei heraus. So, wie Mutter es die ganze Zeit gesagt hat!«

Der Kommissar lehnte sich zurück und legte seine Handflächen ruhig auf die Schreibtischplatte. »Aber nein, nein«, sagte er sanft. »Sie können es nicht beenden! Nicht jetzt und nicht so kurz vor dem Ziel. Wir werden das gemeinsam durchstehen, Cord. Wir werden Ihren Vater finden!«

Ich sah ihm direkt in die Augen. »Ich weiß nicht, ob ich das noch möchte, Stanitzki. Hat bisher nichts Gutes gebracht. Und überhaupt, warum wollen Sie sich das noch antun?«

»Wie ich schon sagte, der alte Jagdtrieb ist wieder da. Und der ist erst befriedigt, wenn die Beute ausgestreckt und aufgebrochen vor mir liegt, wenn ich so sagen darf.«

»Sie sind Jäger?«, sah ich überrascht hoch.

»Nur im übertragenen Sinn. Echte Bambikiller verabscheue ich noch mehr als ihren Klappsmühlenfreund Herrn Yüziak!«

Nun, da unser Verhältnis die Grenze zwischen Offiziellem und Privaten überschritten hatte, wagte ich mich weiter vor. »Was haben Sie nur gegen Herrn Yüziak?«

Der Kommissar blickte erst zur Seite, dann aus

dem Fenster und schließlich antwortete er mir so ehrlich, wie er nur konnte. »Es ist die Art, wie er durchs Leben geht, ohne Verantwortung zu tragen. Niemand sollte so sorglos sein, solange es Menschen gibt, die mit ihrer Ernsthaftigkeit die Kulisse bereitstellen müssen, damit Leute wie Herr Yüziak so sein können, wie sie sind. Er ist ein Vergnügungsparasit, der an den Aufrechten haftet. Jemand, der sich des Spaßes bemächtigt, der denen gehören sollte, die ihn erarbeiten.«

»Er ist ehrlich, Herr Kommissar. Er ist naiv, fröhlich UND ernsthaft. Und er ist mein Freund! Ich glaube nicht, dass er irgendjemandem irgendetwas wegnimmt. Ich glaube sogar, dass er dazu da ist, uns Vorbild zu sein. Genau die von Ihnen kritisierte Sorglosigkeit wünsche ich mir für mich und alle Anderen. Auch für Sie, Kommissar, zumindest ein wenig davon.«

Stanitzki schenkte sich aus dem Flachmann nach, und diesmal ließ ich es zu, dass er auch mir eine Tasse Kaffee einschenkte und etwas von der braunen Flüssigkeit dazugab.

»Vielleicht haben Sie Recht, Cord. Zumindest soweit es Herrn Yüziak betrifft. Aber in Ihrer Sache, das sage ich klipp und klar, liegen Sie falsch. Sie sollten nicht aufgeben und sich in Ihrem Kummer suhlen, nur weil ein paar Versuche danebengegangen sind. Sie sollten aufstehen und sagen: Jetzt erst recht!«

»Warum?«

»Weil ein paar Misserfolge Sie nicht dazu be-
rechtigen, den Rest Ihres Lebens deprimiert her-
umzusitzen. Machen Sie es wie Ihr Freund und
vertrauen Sie einfach darauf, dass alles gut wird.
Dass sie Ihren Vater finden und Sie Ihre Fragen
klären können. Selbstverständlich wird das nicht
ohne Enttäuschung abgehen. Ihr Vater wird nicht
Franz Beckenbauer, Gandhi oder Dean Martin
sein. Ihr Vater wird Schwächen haben und Enttäu-
schungen für Sie bereithalten. Aber eben auch
Hoffnung, Zukunft und alles, was Familie aus-
macht. Seien Sie ein Mann, Cord, und gehen Sie an
die Arbeit! Wir haben noch einen Kerl auf der Liste
und ich würde Ihnen gerne verraten, was ich über
ihn herausgefunden habe. Danach können Sie ja
entscheiden, ob Sie diesen letzten Vater noch sehen
oder sich lieber in ihr Schneckenhaus zurückzie-
hen möchten.«

»Wer ist es?«, fragte ich schließlich.

Stanitzki lächelte milde als er merkte, dass ich
wieder am Haken hing. »Es war zunächst äußerst
schwierig, seinen Namen zu ermitteln. Aber nachdem das einmal erledigt war, gab es unendlich viel
mehr Informationen über ihn, was mich selbst
überraschte. Es handelt sich nämlich um eine der
schillerndsten lebenden Personen, und womöglich
haben Sie sogar schon einmal von ihm gehört.«

»Spucken Sie es schon aus!«, wurde ich neugierig.

»Sachte, sachte. Zunächst möchte ich Ihnen nochmals in Erinnerung rufen, wie dünn Ihre Vorgaben waren. Erinnern Sie sich an den Auszug aus dem Tagebuch?«

Ich schüttelte ungeduldig den Kopf, worauf Stanitzki langatmig den Stapel Unterlagen auf seinem Schreibtisch durchsuchte. Ruhig und präzise ging er die Zettel durch, bis er gefunden hatte, was er suchte. Dann sah er hoch, räusperte sich und las ab:

Roy hat wirklich mehr Flausen im Kopf als alle anderen Männer zusammen. Flausen sind, sagt Marie, Baumwollfusseln, und die Redewendung bedeutet, dass jemanden die Ideen im Kopf herumschwirren, wie Baumwollfusseln, in die der Wind hineinfährt. Und genau so ist mein Roy. Und schön ist er auch mit seinen dunklen Augen und den kurzen braunen Haaren.

Es ist so niedlich, wie er versucht, Deutsch mit mir zu reden, obwohl es ihm doch so schwerfällt. Ständig verwechselt er die Wörter und gestikuliert mit Händen und Füßen, bis ich endlich begreife, was er meint. Roy sagt, dass er Millionär werden wird, und auch wenn ich nicht alles glaube, was er sagt, dann doch das! Unternehmer will er werden und etwas erfinden. Aber erst wenn er seinen Dienst in der Armee beendet hat und Lieutenant Colonel geworden ist oder zumindest Captain. Und das, wo er doch jetzt gerade einmal Corporal ist. Aber das schafft mein kleiner großer Roy schon. Ganz bestimmt!

Stanitzki räusperte sich zufrieden. »Mal wieder reichlich wenig Anhaltspunkte, nicht wahr?«

»Ja«, stimmte ich zu. »Da stand aber noch mehr auf Hakans Liste. Irgendwas von einer Prügelei in einem Nachtclub, wegen der dieser Roy eine Nacht im Gefängnis verbracht haben soll.«

»Richtig. Das war etwas, was Ihrer Frau Mutter mächtig imponiert hatte. Aber so sind die jungen Deerns nun mal. Da müssen Sie sich nichts denken, Cord. Aus irgendeinem Grunde zieht es viele Frauen an, wenn sich Männer stark und skrupellos geben. Ich könnte Ihnen Dutzende Beispiele aus meinen Ermittlungen nennen, wo Frauen sich den falschen Kerlen an den Hals werfen!«

»Na ja, eine Nacht im Knast ist noch lange kein Beleg für eine kriminelle Natur, sondern höchstens für jugendlichen Überschwang!«

Stanitzki sah in seine Aufzeichnungen, bevor er sich dazu äußerte. »Also, ganz so harmlos war es dann nicht. Immerhin war ein Messer im Spiel und bei dem Streit ging es nach Aussagen des Verletzten um die versprochene, bereits bezahlte und nicht erbrachte Lieferung eines Schnellfeuergewehrs aus Armee-Beständen. Das konnte aber letztendlich nicht nachgewiesen werden und so hatte das Ganze auch keine weiteren Folgen für den sauberen Herrn Yates. Außer derjenigen viel-

leicht, dass ich ihn deshalb als Ihren letztverblie-
benen Vaterschaftskandidaten ermitteln konnte.«

Ich sackte in meinem Stuhl zusammen und
merkte, wie sich das Büro vor meinen Augen auf-
löste. Kalter Schweiß trat auf meine Stirn und ich
musste mühsam um die nächsten Atemzüge rin-
gen. Ich spürte, wie ich den Kampf ums Bewusstsein verlor, und nahm als Nächstes wahr, wie
Stanitzki vor mir auf den Knien hockte, mir auf die
Wange schlug und mich anschrie, während ich auf
dem Boden lag.

»Cord, verdammt noch mal, was soll das?
Kommen Sie zu sich, Mann!«

Ich blinzelte ihn gegen das Deckenlicht an, versuchte mich aufzurichten und sackte erneut zurück. Nach einer weiteren Minute hatte sich mein
Blutdruck stabilisiert und ich konnte mich aufsetzen.

Stanitzki atmete erleichtert auf. »Da hast du mir
aber einen ganz schönen Schrecken eingejagt, Junge. Einfach so wegsacken und aufhören zu atmen.
Ich dachte, das war's für dich!«

»So schnell nicht, Kommissar«, keuchte ich
mühsam. »Ich war nur ziemlich überrascht. Sagten
Sie eben Yates? Roy Yates?«

Stanitzki nickte irritiert. »Ja, das sagte ich. Sie
kennen ihn?«

Unsere Verabredung mit dem Leben findet im gegenwärtigen Augenblick statt.

Ich war nicht ganz pünktlich und hatte Angst, mein Vater könnte schon gegangen sein, bevor ich den Treffpunkt erreichen würde.

Wir waren am Dockland-Gebäude verabredet, einer architektonischen Sehenswürdigkeit im westlichen Ausläufer der Hamburger Hafencity. Das Gebäude war mit einem deutlichen Überhang über die Elbe gebaut und man konnte von außen das treppenförmig ansteigende Dach hochlaufen, um einen tollen Blick über den Hafen und die Stadt zu bekommen. Die Suche nach einem Parkplatz hatte länger gedauert, als ich dachte, und so hetzte ich atemlos die letzten Stufen hinauf. Dort oben erwartete mich ein eiskalter Wind, an einem Ort in dieser unterschätzten Weltstadt, an der der Elbstrom seinen Düseneffekt voll ausspielen konnte. Irgendwo weiter geradeaus ging es zur Nordsee. Und dann noch ein bisschen weiter, ohne groß zwischen den Ozeanen umsteigen zu müssen, lag auch Sealand, Papas Staat.

Papa Yates wusste Bescheid über mich bzw. über uns und unsere Vater-Sohn-Beziehung. Dafür hatte ich gesorgt, indem ich Hakan, trotz der vorherigen schlechten Erfahrungen mit meinen Zwischenvätern, damit beauftragt hatte, Papa Yates mit dem Fingerspitzengefühl des ausgebildeten Psychologen ins Bild zu setzen ...

***

Hakan nutzte das erste Klingeln an der Praxistür, um sein Outfit im Flurspiegel zu überprüfen. Sportlich und doch formell, so hatte er es sich vorgenommen. Präzise, stilsicher und unaufdringlich sollte sein Dress aussehen, wenn er gleich dem Überraschungsvater seines besten Freundes gegenüberstünde. Und wie immer lag Hakan voll daneben und hätte problemlos als Mustervorlage für ein Panflötenspieler-Ausbildungscamp durchgehen können. Trotzdem fühlte er sich, als es zum zweiten Mal klingelte, absolut wohl und öffnete entschlossen die Tür. Ihm gegenüber stand ein imposanter älterer Herr im Marineblazer, dem der Tatendrang ins Gesicht geschrieben stand.

»Herr Yates, schön, dass Sie sich die Zeit genommen haben«, begrüßte Hakan meinen Vater, führte ihn in sein Bürozimmer und bot ihm einen Stuhl an.

»Wofür es genau drei Gründe gibt«, gab dieser weder freundlich noch übermäßig unhöflich zurück.

»Ah ja?«

»**Erstens** findet in Hamburg gerade die Tourismus-Messe statt, auf der wir unser Land und unser Urlaubskonzept präsentieren wollen. **Zweitens** macht mich eine Botschaft wie ›*Ich habe eine Nachricht für Sie, die ihr Leben weniger verändern wird, als sie es vor fünfunddreißig Jahren noch getan hätte*‹ genau so neugierig, wie Sie es beabsichtigten, und **drittens** wollte ich den Typen kennenlernen, der so unverfroren ist, sein Schreiben auf der Rückseite eines alten Briefes auszudrucken, auf dem erotische Grußbotschaften einer Dame namens Nicole stehen.«

Hakan verzog das Gesicht. »Verdammt, da ist der also gelandet ... Blöde Sache, Herr Yates, und ohne jeden Hintergedanken, das können Sie mir glauben.«

»Da möchte ich drauf wetten, Herr Yüziak. Oder soll ich Sie lieber *strammer Deckhengst* nennen, wie es die Dame in ihrem Brief macht?«

Hakan lief rot an. »Yüziak ist okay, Herr Yates. Oder besser noch: Hakan!«

Yates stand lässig auf und zog seinen marineblauen Blazer in einer geschmeidigen Bewegung aus, setzte sich umständlich hin und legte sich den Blazer über die Knie. Daraufhin sah er Hakan erwartungsvoll an und forderte ihn mit königlicher Handbewegung zum Sprechen auf.

Hakan, der in Sachen Reviermarkierung professionell ausgebildet war, lehnte sich nach vorne, stützte die Ellenbogen auf den Schreibtisch und legte seine Handflächen professoral aneinander.

»Ich möchte Ihnen kurz meine Position in dieser Sache verdeutlichen.«

Yates winkte lässig mit der rechten Hand, zum Zeichen, dass Hakan zwar fortfahren solle, seine Geduld aber begrenzt sei.

Hakan räusperte sich wichtigtuerisch. »Das Überbringen von Nachrichten großer Tragweite erfordert vom Ausführenden innere Festigkeit und einiges an Vorarbeit«, faselte er los. »Und es ist normal, dass der Empfänger der Nachricht im Anschluss an das Gesagte eine Menge Fragen hat, die der Überbringer spontan und präzise beantworten muss. Ebenso möglich ist auch eine physische Überreaktion des Nachrichtenempfängers in Form von Herzrasen, Atembeschwerden oder gar Atemstillstand, für die der Überbringer – also ich – die notfallmedizinisch richtigen Maßnahmen treffen muss. Tja, und schlussendlich sollte die Formulierung der Nachricht klar und deutlich sein, aber eben auch einfühlsam und schonend, was vielleicht der schwierigste und am wenigsten erlernbare Teil der Angelegenheit ist. Und genau deshalb komme ich ins Spiel«

Hakan lehnte sich jetzt zurück und sah Yates erwartungsvoll an, der nur leicht den Kopf schüttelte.

»Sie haben keine Freunde, Hakan, oder?«

»Wie bitte?«

»Freunde, Hakan! Leute, die in guten und schlechten Tagen zu einem stehen, aber auch einmal in der Lage sind zu sagen: *Hakan, jetzt mach mal langsam, sonst wirst du noch ein unerträglicher, Dummschwätzer!* Ich denke, Hakan, es wäre für Sie wirklich allerhöchste Zeit, sich solche Freunde zu suchen.«

Hakan wirkte nur kurz beleidigt. »Sie meinen, ich hätte sie nicht überzeugt? Ich hätte nicht beruhigend und kompetent auf Sie gewirkt?«

Yates zog erstaunt die Augenbrauen hoch. »Kompetent? Junge, mit der Nummer würde ich sie nicht einmal an meine bucklige und kahle Großmutter heranlassen, wenn es darum ginge, ihr ihre Angst vor sexueller Belästigung auszutreiben!«

Hakan grinste breit, schlug das beindruckende, ledergebundene Fachbuch zu, das er auf seinem Schreibtisch platziert hatte. Dann holte eine Flasche Captain-Morgan-Rum und zwei Gläser hervor. »Vielleicht fangen wir noch mal von vorne an, Herr Yates?«

»Hab nichts anderes vor, Junge.«

Hakan nippte an seinem Glas, während Yates das seine in einem Zug leerte. Hakan goss nach, jetzt ganz der aufmerksame Gastgeber, der er von Anfang an hätte sein sollen.

»Herr Yates, was ich Ihnen zu sagen habe, ist eigentlich schnell erledigt: Sie haben einen Sohn!«

Yates nahm noch einen Schluck und sah Hakan dann verständnislos an.

»Ihr Sohn, der Ihnen übrigens bereits bekannt und zufällig mein Freund ist, hat mich darum gebeten, es Ihnen so schonend wie möglich beizubringen.«

Yates zog amüsiert die linke Augenbraue hoch. »So, so, einen Sohn soll ich haben ...«

»Genau! Ich weiß, dass das jetzt schwer für Sie zu verstehen ist ... Aber Sie halten sich bisher wirklich gut, Herr Yates, wenn Sie mir dieses Kompliment gestatten.«

»Solange du nachschenkst und mich nicht betatscht, gestatte ich dir noch jede Menge mehr, Junge«, erwiderte Yates entspannt. »Aber du sagtest, ich würde den Kerl, der sich für meinen Sohn hält, bereits kennen, und da frage ich mich natürlich, wer das wohl sein kann. Sicher jemand, der es auf Sealand, mein Geld oder einen Adelstitel abgesehen hat, richtig?«

Hakan lächelte schmal. »Würde ich nicht sagen. Es handelt sich nämlich um Cord. Cord Andreesen!«

Yates verschluckte sich an seinem Rum und hustete laut. Ärgerlich strich er sich die verschütteten Tropfen vom Ärmel. »Ich denke, dann können wir Eitelkeit und Geld als Motiv ausschließen. Er hat ja viele merkwürdige Eigenschaften, aber das würde ich ihm nicht unterstellen.« Yates machte eine Pause und dachte darüber nach. »Was will er also damit bezwecken?«

»Ziehen Sie doch einfach die Möglichkeit in Betracht, dass er nur seinen Vater finden will. Es hat einiges an Aufwand gekostet, die Dinge herauszufinden, wie sie sich jetzt darstellen, und hier habe ich übrigens die Ermittlungsdaten, was Ihre nächste Frage vorwegnehmen dürfte.«

Hakan schob einen dünnen Aktendeckel über den Schreibtisch, der eine Kopie von Kommissar Stanitzkis Untersuchungsergebnisse enthielt. Yates blätterte lustlos darin herum, entdeckte dann aber ein Detail, das ihn faszinierte. »Cord ist Agnes Bredes Sohn?«

»Stimmt genau. Sie erinnern sich?«

»Natürlich erinnere ich mich an Agnes. Meine Güte, war das eine Klassefrau! Jung, klug und hübsch. Aber ein Kind hatten wir nicht, das würde ich doch wissen, oder?«

Yates brach abrupt ab und versank in Gedanken. »Aber es war komisch, wie das damals auseinanderging. Agnes hat mich eiskalt abserviert. Ich will sie nicht mit meinen Erinnerungen langweilen, aber das war für mich eine ganz und gar ungewohnte Erfahrung. Normalerweise war ich es ja, der unruhig wurde, die Welt erobern musste und deshalb die Beziehungen beendete. Aber mit Agnes war das anders.«

Hakan lächelte und forderte Yates damit zum

Weiterreden auf. Der würde schließlich von ganz alleine den richtigen Schluss ziehen und ihm alle Erklärungsmühsal abnehmen.

»Schwanger war sie aber nicht. Also zumindest hat man es nicht sehen können, meine ich. Sonst hätte ich mich doch niemals mit der Trennung zufrieden gegeben. Ich hab mein Leben lang zu meiner Verantwortung gestanden!«

»Das glaub ich gerne, Herr Yates. Nach allem, was man von Ihnen hört, sind Sie zwar ein Abenteurer, aber auch ein Gentleman.«

Yates strich sich geschmeichelt übers Kinn. »Und Agnes war nicht schwanger!«, wiederholte er.

»Ich habe mit Frau Andreesen bzw. Agnes Brede, wie sie damals hieß, gesprochen und ihr genau diese Frage gestellt. Also, warum sie sich Ihnen nicht anvertraute. Ihre Antwort ist natürlich privat und doch kann ich Ihnen sagen, dass ich sie verstehen kann. Vielleicht zieht sie Sie ja irgendwann auch ins Vertrauen, aber bis es so weit ist, sollten Sie sich um das Naheliegende kümmern und sich mit dem Gedanken anfreunden, einen gut dreißigjährigen Sohn zu haben, der darauf brennt, Sie kennenzulernen.«

Yates nach innen gekehrter Blick fand in die Gegenwart zurück und richtete sich auf Hakan. »Aber ich kenne ihn doch schon!«

»Richtig«, korrigierte Hakan seine Unbedachtheit. »Aber noch nicht als Ihren Sohn!«

***

Und nun war der Moment gekommen. Hier oben auf dem Dockland-Gebäude würde ich meinen Vater treffen. Zumindest wenn ich nicht zu spät dran und er schon wieder gegangen war. Der Wind trieb mir Tränen in die Augen und ich musste ein paar Mal blinzeln, bevor ich klar sehen konnte.

Papa stand am anderen Ende des Daches, begleitet von drei dunkelhäutigen Fremden. Einer von ihnen trug einen schön geschnittenen, dunklen Kaschmirmantel und machte mit der rechten Hand ein Zeichen, das einen Kopfsprung über den Rand des Daches andeutete. Die beiden anderen Freunde meines Vaters hakten ihn daraufhin unter. Nett und harmonisch sah die Szene aus, die sich in wenigen Sekunden abspielte und die ich amüsiert von meiner Position aus beobachtete. Mit einer flüssigen Bewegung hatten Papas Freunde ihn zum Rand des Daches gezogen, an den Beinen gepackt und kopfüber über den Rand gehängt. Schlagartig wurde mir klar, dass Papa in Schwierigkeiten steckte. Ich musste handeln. Entschlossen, beherzt und kühl kalkulierend …

»Ich, ähm …«, wandte ich mich an Hasdari, den Mann im eleganten Mantel und ging auf ihn zu.

»Hau ab, Pissnelke!«, herrschte der mich an. »Das hier geht dich nichts an!«

Die beiden anderen Männer sahen zu uns herüber und einer fragte: »Sollen wir den Penner jetzt loslassen?«

Hasdari winkte ab. »Nein, noch nicht. Erst noch mal rauf und vermöbeln ... dann könnt ihr ihn runterwerfen.«

»Wer Wesen, die auf Wohl aus sind, mit einem Stock schlägt mit Gewalt, obwohl er selber Wohl ersehnt, erlangt kein Wohl nach seinem Tod!«, zitierte ich einen Ausspruch des Erhabenen, den ich von Papa Siddharta gelernt hatte.

»Bist du verrückt?«, fuhr mich Hasdari an. »Wenn du nicht sofort verschwindest, gehst du auch vom Dach ohne die Treppe zu nehmen!«

Ich versuchte ruhig zu bleiben und meine Angst zu überspielen. »Nur über meine Leiche, Herr ... äh ...«

Hasdari kniff die Augen zusammen und rätselte daran herum, bevor er sich lachend an seine Gefährten wandte. »Ich denke, genau das habe ich eben gesagt, oder?«

Die kurze Unterbrechung gab mir Gelegenheit zum Nachdenken. Unter Druck arbeitet mein Gehirn wie ein Hochleistungscomputer und so wunderte ich mich nicht über die brillante Idee, die umgehend durch meinen Kopf flimmerte. Selbstbewusst zog ich mein Mobiltelefon hervor und hielt es Hasdari mit kurzer Ausholbewegung unter die Nase.

»Vielleicht sollten wir uns alle ein wenig entspannen, Herr … äh … Herr?«

Hasdari zuckte mit den Schultern und sah mich gelangweilt an.

»Also, *Herr Heißsporn*, wenn ich Sie so nennen darf. Einen Gang herunterschalten, tief aus der Körpermitte atmen und …«

Hasdari riss mich an der Jacke zu sich und zischte mir zu: »Was willst du Penner noch?«

Ich drückte mich von ihm weg und zeigte abermals mein Telefon. »Also gut, Herr Heißsporn. Ich habe eben ein Foto von Ihnen und Ihren Spießgesellen gemacht und an meinen Freund, Polizeihauptkommissar Stanitzki, gesendet. Wenn Sie irgendjemanden herunterstoßen, dann wird das ein Mord mit hinterlassener Visitenkarte, wenn Sie verstehen, was ich meine, und ich bin mir sicher, dass Sie das tun!«

Hasdari verzog spöttisch die Mundwinkel. »Was du da hast, ist ein Nokia 8110i, das wahrscheinlich letzte Mobiltelefon ohne Kamera und anderen Schnickschnack. Das hatte ich selbst mal vor fünfzehn Jahren und dachte, die Restbestände wären mittlerweile alle in Rentnerhand!«

Das war Pech. So ein schöner Plan und dann das. Aber in solch einer Situation kann man nicht einfach aufgeben und quasi selbst zum Köpfer über den Dachrand ansetzen. Da klammert man sich an jeden Strohhalm. »Hab ich Foto gesagt?« Ich schlug mir mit der Hand gegen die Stirn. »Ich meinte natürlich, dass ich ihn anrief und … äh … schilderte, was Sie vorhaben.«

Hasdari grinste jetzt noch fieser als zuvor, was eigentlich gar nicht möglich war. »So, so, und da hast du ihm dann mitgeteilt, dass ein Herr HEISSPORN gleich so richtig einen draufmachen wird?! Und jetzt laufen natürlich alle Drähte zur Fahndung nach Herrn Heißsporn bei ihm zusammen, ja?«

Er schlug mir mit der Faust in den Magen. »Siehst du, wie ich mich da fürchte?«

Ich ging in die Knie und sah im Zusammensacken, wie die beiden anderen Kerle meinem Vater die Hände hinter dem Rücken verdrehten. Jetzt war es höchste Zeit für ein bisschen Todesangst und ich kann sagen, dass das weniger sexy ist, als es sich anhört. Da war es wirklich höchste Zeit für die Stimme, die von den Treppenstufen erklang.

»Polizei! Schluss mit dem Quatsch!«

Am Rande des Daches, dort, wo ich keine fünf Minuten vorher selbst hinaufgestiegen war, um die drei Terroristen an der Erfüllung ihres Tagwerkes zu hindern, stand Kommissar Stanitzki und hielt uns seine Dienstmarke entgegen.

»Ha! Hab ich es doch gesagt, hab ich es doch

gesagt!«, schrie ich Hasdari triumphierend an. »Von wegen Nokia 81 Dingsda, mit dem man nichts machen kann. Jetzt guckst du dumm aus der Wäsche, blöder Arsch!«

Die beiden anderen Schlägertypen hatten Papa losgelassen und sahen ihren Chef fragend an, während sich Stanitzki von mir ins Bild setzen ließ. Danach wollte ich von ihm wissen, wieso er mir gefolgt war. Er erklärte, dass er nicht mir, sondern einem Gefühl gefolgt sei, seinem wiedergewonnenen kriminalistischen Instinkt.

»Als du mir von deinem Treffen erzähltest und davon, wo es stattfinden sollte, hatte ich gleich so ein Magengrummeln. Ich kann das nicht erklären, aber ich wusste, dass etwas passieren würde.«

Die Gegenpartei zeigte keine Lust, länger unserem vertraulichen Geplänkel beizuwohnen. Hasdari pumpte sich auf und zeigte seinen nachlassenden Respekt vor der Ordnungsmacht. »Hey, Bulle, sollen wir hier noch lange rumstehen und eurem Kaffekränzchen beiwohnen?«

Die einschüchternde Wirkung des Hauptkommissars hatte nicht lange angehalten, wie ich sorgenvoll feststellte. Stanitzki ging zum Gegenangriff über.

»Ihr wartet schön hier bei mir! Ich habe über Funk den Kollegen Bescheid gesagt. Die dürften gleich hier sein« Dabei wedelte er mit einem Handy vor Hasdaris Nase, der seine Stirn in Falten legte.

»Wollt ihr mich verarschen? Das ist ein Nokia 8110i, das kann keinen Polizeifunk!«

›Idiot, Idiot, Idiot‹, dachte ich und tat Stanitzki Unrecht, der nicht nur meinen Telefongeschmack teilte, sondern auch die gleichen blöden Ideen .... und die gleichen, blöden Ausreden ...

»Upps«, sagte er und stolperte durch ein verlegenes Lachen. »Ich meinte natürlich, dass ich Ihnen eine Einsatz-SMS gesendet habe.«

Ich übernahm die Initiative, ging auf Hasdari zu und flüsterte ihm ins Ohr. »Egal, um welch entbehrlichen Schwachkopf es sich auch handelt, aber man kann in diesem Land keinen Polizeibeamten umbringen, ohne die geballte Macht des Staates auf sich zu ziehen. Ich schlage vor, wir drohen nicht weiter herum, sondern fangen an zu verhandeln!«

Das war offenbar die Sprache, die Hasdari verstand, denn auf seinem Gesicht zeigte sich ein breites Grinsen. Mit dem Zeigefinger wies er auf Yates.

»Gebt mir dreihundert Riesen und der Typ bleibt am Leben!«

Ich verschluckte mich heftig. »Wieso denn so viel. Für die blöde Barkasse haben wir doch schon die Hälfte bezahlt ... also ich zumindest ...« Ich guckte auf meinen still in der Hocke sitzenden Papa Yates, der entschuldigend die Handflächen nach oben drehte. »Es gab da noch ein paar andere

Löcher zu stopfen. Tut mir leid, Cord.«

Mir platzte der Kragen. »Verdammt noch mal! Müsste es nicht so sein, dass der Vater den Sohn aus einem Schlamassel heraushaut? Wieso hab ausgerechnet ICH einen Vater, der sich dreißig Jahre nicht blicken lässt und danach nur dann, wenn es knallt und brennt?«

Papa Yates kratzte sich am Kinn und tat beleidigt, kam dann endlich aus der Hocke und ging auf Hasdari zu. Er klopfte ihm lässig gegen die Brust. »Was ich nicht verstehe, Rachid, ist, wieso die blöde Barkasse auf einmal dreihunderttausend wert sein soll, wo wir doch gerade einmal hundertachtzig dafür bezahlt haben und das Scheißding mittlerweile wieder an der Oberfläche ist. Wenn auch noch voller Algen, wie ich zugebe. Überall diese Algen rund um Sealand – eine richtige Plage ist das.«

Dann wandte er sich mir zu: »Übrigens habe ich die Bergung von deinem Geld bezahlt, Sohn!«

Hasdari zog eine vor Spott triefende Grimasse. »Scheiß auf die Barkasse! Es geht um ein Zeichen für Cousin Gaddafi. Abgesehen davon hatte ich Unkosten.«

Papa zeigte sich überrascht: »Unkosten?«

»Yep! Das hier ist keine Vergnügungsreise und da kommt schon einiges für mich und meine Jungs zusammen. Flüge, Hotelzimmer, Nutten …«

Papa sah Hasdari hasserfüllt an. »Dafür bezahl

ich doch nicht, du mieses Schwein!«

Rachid Hasdari begutachtete betont gelangweilt den manikürten Fingernagel seines rechten Zeigefingers, entdeckte scheinbar ein Detail, das ihn nicht zufriedenstellte und wischte daran herum. Endlich sah er auf und blickte Papa emotionslos ins Gesicht. »Dann eben das Dach, alter Mann!«, womit er seinen Jungs ein Zeichen gab, sich in Bewegung zu setzen.

Stanitzki hielt sich zurück, da ihm orientalische Drohgebärden aus seiner beruflichen Erfahrung sattsam bekannt waren. Mir hingegen nicht.

»Okay, Herr Heißsporn, Gegenvorschlag ...«

»Hasdari, bitte«, klang die kultiviert klingende Korrektur aus Hasdaris Mund.

»Wie dem auch sei, der Kommissar und ich waren Zeugen eines versuchten Mordes und sind bereit, darüber hinwegzusehen, wenn Sie sich im Gegenzug etwas kooperativer zeigen.«

Stanitzki schüttelte müde den Kopf. »Ich nicht, Cord. Ich warte hier in Ruhe euer Gespräch ab und nehm den Typen dann mit aufs Kommissariat!«

Hasdaris coole Fassade bekam erste Risse. Schließlich war die deutsche Justiz für ihre Gründlichkeit und Unbestechlichkeit bekannt. Und Untersuchungshaft und diplomatische Verwicklungen waren so ziemlich das Letzte, was er gebrauchen konnte. Yates nutzte den Moment der Schwäche.

»Pass auf, Rachid, ich arbeite bereits an einer Lösung, die für uns alle gut ist. Ich hab einen Typen kennengelernt, der sich mit so was auskennt und der einen Fonds für uns aufgelegt hat. *Sealand-Greenland* hat er ihn genannt und schon zwei Drittel der Anteile losgeschlagen. Mit dem Erlös wollte ich euch auszahlen und unseren Stress beenden.«

Hasdari sah ihn scharf an. »Und?«

»Na ja, wie ich sagte, hat Uwe Herkanth erst zwei Drittel des Fonds platziert und braucht noch ein paar Wochen für den Rest. Bis dahin müsstet ihr warten, kriegt dann aber euren vollen Einsatz zurück plus Zinsen und Aufwandsausgleich.«

Das hatte Papa gut eingefädelt, fand ich. Aber etwas hatte mich hellhörig gemacht. »Herkanth?«

»Genau. Uwe Herkanth, ein Zahlenakrobat. Du hast von ihm gehört?«

Ich nickte betreten. »Ist das nicht der Typ vom Buddhas Buddies Freundeskreis, dem Zentrum des Friedens und der Weisheit?«

»Genau der«, stimmte Papa begeistert zu. »Im Hauptjob ist er aber ein international verdrahteter Anlageberater. Er und seine neue Freundin Sylvia …die übrigens auch Andreesen heißt, genau wie du, Cord, na ja, die wollen unser Ökoprojekt mit buddhistischer Spiritualität anreichern. *Greenland goes Buddha* und so.«

Ich nickte müde. Natürlich, meine Exfrau Sylvia, zusammen mit diesem Langweiler Herkanth

... aber wenigstens nicht mehr mit dem spanischen Tanzlehrer Juan. Müssen denn alle Leute, die ich je getroffen habe, eine zweite Hauptrolle übernehmen? Als Nächstes würde Mutter auf der Besetzungsliste auftauchen. Ich brauchte Gewissheit.

»Und Mutter?«

Papa lächelte mir wohlwollend zu. »Gut, dass du darauf zu sprechen kommst. Deine Mutter und ich haben uns ausgesprochen und sie will mich nach Sealand begleiten, um ...«

»Lass gut sein«, winkte ich ab.

Auch Hasdari hatte jetzt genug von all den Namen und Zusammenhängen, die er nicht verstand und die ihn nicht interessierten. Ungeduldig drängte er:

»Zu wann kriegen wir das hin? Ich brauche einen Termin für Cousin Gaddafi!«

Papa Yates Gesichtsausdruck wurde wieder geschäftig. Seriös und verbindlich wirkte er.

»Verkauf der restlichen Anteile in vier bis sechs Wochen und Vertragsabschluss zwischen uns in acht Wochen. Zusätzlich unterschreibe ich dir dann auch, dass wir hier oben nur ein bisschen Spaß gemacht haben und ich mich zu keiner Zeit bedroht gefühlt habe. Schlag ein, Rachid, und lass uns endlich von dem Dach verschwinden!«

Es gibt keinen Weg zum Glück. Glücklichsein ist der Weg

Und jetzt sitze ich hier mit einem Dreihundertsechzig-Grad-Rundumblick auf das Meer. Okay, *dreihundertsechzig Grad* und *Rundumblick* sind eine Doppelung, eine sogenannte Tautologie, aber wir sind schließlich auch zu zweit auf dem Sealander-Geschützturm, liegen nebeneinander auf unseren Liegestühlen und genießen den sonnigen Tag.

Papa Yates liest eine drei Tage alte Zeitung vom Festland und trinkt einen Whisky auf Eis, während ich an einen alkoholfreien Fruchtcocktail nippe, ganz wie es sich für einen Sohn gehört, der keine missbilligenden Seitenblicke seines alten Herrn auf sich ziehen will.

Unsere Beziehung war in den Wochen gereift, seit uns die leistungsgesteigerte Solarbarkasse durch den gewachsenen Algenteppich gebracht hatte, der Sealand umgab. Wir konnten uns jetzt offene Fragen stellen, ohne sie als Kritik zu verstehen.

»Wusstest du, dass es keine Nachhaltigkeit im Buddhismus gibt?«, fragte ich Papa Yates und beobachtete, wie er die Zeitung beiseite- und die Stirn in Falten legte.

»Natürlich weiß ich das, mein Sohn. Buddhismus lehrt uns, dass in allem, was existiert, dessen Untergang bereits angelegt ist. Nichts ist von Dauer. Warum fragst du?«

»Na ja, ich frage mich, ob Uwe Herkanth das auch weiß. Wegen *Greenland goes Buddha* und so. Im Fondsprospekt findet sich der Begriff *Nachhaltigkeit* genau dreiundzwanzig Mal und da könnte man zu Recht einen Konflikt vermuten.«

Papa hatte sich in seinem Liegestuhl aufgerichtet und sah mich prüfend an. »Du denkst zu viel, Cord. Ist doch logisch, dass Herkanth nicht schreiben kann, es würde sich um eine *hochriskante Investition in eine kurzlebige Anlage handeln, die bereits den Keim des Unterganges in sich trägt.* Immerhin steht aber irgendwo in den Risikohinweisen, dass die Möglichkeit eines Totalverlustes besteht.«

»Auf der vorletzten, eng bedruckten Seite im Kleingedruckten und direkt unter dem Satz: ›Denken Sie beim Abholen Ihrer Ausschüttungen daran, Badehose oder Bikini einzupacken!‹«

Papa sah mich tadelnd an. »Weißt du, Sohn, die Grenzen dessen, an was man glaubt, die steckt man sich am besten selbst. Jeder baut sich seine eigene Realität, in der er sich eine Zeit lang wohlfühlen kann.«

Ich sah ihn ratlos an. »Und das heißt?«

»Das heißt, dass ich eine Vision habe und andere Leute, die an sie glauben. Ich bin weder Gott, noch weiß ich, ob meine Ideen funktionieren. Deshalb probiere ich sie ja gerade aus. Für mich und die anderen, die sich ihren Anteil am Abenteuer kaufen, ist das mehr als eine bloße Geldanlage!«

Ich sah an Papas angespannter Haltung, dass es ihm ernst war. Er hatte seinen Drink beiseitegestellt und sah mich eindringlich an. Ihm war es wichtig, dass ich genauso an ihn wie an sein Projekt glaubte. Und mittlerweile kannte ich ihn gut genug, um zu verstehen, dass er die Aufgabe mit aller Kraft und Konzentration angehen und sein Ziel nicht aus den Augen verlieren würde. Die Zeit permanenter Unrast auf der Suche nach neuen Herausforderungen war für den älteren Herrn vorbei. Greenland war sein letztes Vorhaben, bevor er in den Ruhestand gehen und das Einhüten seiner Enkelkinder zu seinem dann größten Abenteuer machen würde. Ich nickte ihm zu, lehnte mich in meinem Liegestuhl zurück und griff nach meinem Saftglas.

Ich war schon fast eingeschlafen, als Papa mit dem Finger auf eine Stelle in seiner Zeitung tippte.

»Wusstest du, dass Algen der Rohstoff der Zukunft sind?«

www.tredition.de

Über tredition

Der tredition Verlag wurde 2006 in Hamburg gegründet. Seitdem hat tredition Hunderte von Büchern veröffentlicht. Autoren können in wenigen leichten Schritten print-Books, e-Books und audio-Books publizieren. Der Verlag hat das Ziel, die beste und fairste Veröffentlichungsmöglichkeit für Autoren zu bieten.

Autoren können das einzigartige Literatur-Netzwerk von tredition nutzen. Hier bieten zahlreiche Literatur-Partner (das sind Lektoren, Übersetzer, Hörbuchsprecher und Illustratoren) ihre Dienstleistung an, um Manuskripte zu verbessern oder die Vielfalt zu erhöhen.

Das gesamte Verlagsprogramm von tredition ist bei allen stationären Buchhandlungen und Online-Buchhändlern wie z. B. Amazon erhältlich. e-Books stehen bei den führenden Online-Portalen (z. B. iBookstore von Apple) zum Verkauf.

Seit 2009 bietet tredition sein Verlagskonzept auch als sogenanntes "White-Label" an. Das bedeutet, dass andere Personen oder Institutionen risikofrei und unkompliziert selbst zum Herausgeber von Büchern und Buchreihen unter eigener Marke werden können.

Mittlerweile zählen zahlreiche renommierte Unternehmen, Zeitschriften-, Zeitungs- und Buchverlage, Universitäten, Forschungseinrichtungen, Unternehmensberatungen zu den Kunden von tredition. Unter www.tredition-corporate.de bietet tredition vielfältige weitere Verlagsleistungen speziell für Geschäftskunden an.

tredition wurde mit mehreren Innovationspreisen ausgezeichnet, u. a. Webfuture Award und Innovationspreis der Buch-Digitale.

tredition ist Mitglied im Börsenverein des Deutschen Buchhandels.

FSC
www.fsc.org

MIX

Papier | Fördert
gute Waldnutzung

FSC® C083411

Zeitfracht Medien GmbH
Ferdinand-Jühlke-Straße 7
99095 Erfurt, Deutschland
produktsicherheit@kolibri360.de